山西神话传说丛书
亢西民 毛巧晖 主编

伏羲女娲神话传说

高忠严 编著

山西出版传媒集团　北岳文艺出版社
·太原·

图书在版编目(CIP)数据

伏羲女娲神话传说/高忠严编著.—太原：北岳文艺出版社，2021.9（2022.11重印）
（山西神话传说丛书/亢西民，毛巧晖主编）
ISBN 978-7-5378-6448-0

Ⅰ.①伏… Ⅱ.①高… Ⅲ.①神话—作品集—中国 Ⅳ.① I277.5

中国版本图书馆 CIP 数据核字（2021）第 174761 号

伏羲女娲神话传说
高忠严 / 编著

//

出品人 郭文礼	出版发行：山西出版传媒集团·北岳文艺出版社 地址：山西省太原市并州南路 57 号　邮编：030012
	电话：0351-5628697
责任编辑 王国柱	传真：0351-5628680
	经销商：新华书店
助理编辑 金国安	印刷装订：山西人民印刷有限责任公司
	开本：890mm×1240mm　1/32
书籍设计 张永文	字数：100 千字
	印张：4.5
印装监制 郭勇	版次：2021 年 9 月第 1 版
	印次：2022 年 11 月山西第 2 次印刷
	书号：ISBN 978-7-5378-6448-0
	定价：35.00 元

本书版权为本社独家所有，未经本社同意不得转载、摘编或复制

《山西神话传说丛书》编委会

主　　任　卫建国
副 主 任　亢西民　毛巧晖
成　　员　（以姓氏笔画为序）
　　　　　万俊人　卫建国　毛巧晖　亢西民
　　　　　白　宁　刘小明　刘同彪　李小刚
　　　　　张　歆　陈勤建　范婷婷　秦作栋
　　　　　高忠严　黄金龙　崔　楠　续小强

丛书主编　亢西民　毛巧晖
丛书副主编　高忠严　刘同彪　李小刚

总序

山西地处华北黄土高原，东有太行，西有吕梁，南临黄河，北凭古长城，物阜民丰，人杰地灵，自古就有"表里山河"之谓。山西有文字记载的历史长达三千年之久，素有"中国古代文化博物馆"之称。位于晋陕豫黄河大拐弯腹地的晋南地区，更是土地肥沃，宜稼宜穑。据考古发掘证明，早在旧石器时代，就有先民在此繁衍生息。当前，在我国发现的两百多处旧石器时代早期遗址中，有五分之四是在山西。其中最早、最具代表性的是山西芮城西侯度遗址中发掘出的火烧骨化石，证实了早在一百八十万年前，在此繁衍生息的中华民族先祖已经燃起了人类文明的第一把圣火。在运城夏县西阴文化遗址中发现的蚕茧化石，证明早在六千年前的晋南一带人们已经开始养蚕缫丝；在临汾襄汾县陶寺村西南发掘出的四千多年前的古城遗址，被学者们认为是当时东方世界规模最大的城市，很有可能就是帝尧的都城。此外，这里还有传说中帝舜和大禹的都城[①]，尚待考古发掘的进一步证实和探究。有鉴于此，文化学者们把晋南称之为"古中国"，而以此为中心的黄河流域便是中华民族当之无愧的发祥地和中华文明的摇篮。

在山西这片沃土上，千百年来就流传着无数优美动人的神话故事和传说。如女娲补天、帝尧教民掘井取水、大禹治水、黄帝斩蚩尤、后稷教民稼穑、嫘祖教民养蚕缫丝等等。在中国神话学界有所谓"昆仑神话""太行神话"[②]"蓬莱神话""楚神话"之说，其主体是"昆仑神话"和"太行神话"；而山西，特别是晋南和晋东南一带，正是"太行神话"流传的中心地。在山西省域流传的神话传说中，尽管包含和杂糅有前述三种神话系列的神话传说，但其核心部分则是太行系列的神话传说。因此，从某种程度而言，山西流传的神话传说，即"太行神话"，亦即上古中国的神话传说。

基于对中华民族传统文化、故土文化的热爱，山西师范大学"黄河民俗文化研究所"和"黄河文化与教育研究中心"的师生们，对山西省域内流传的神话传说以及民俗文化进行了长期、系统、深入的调查与研究，写出大量的学位论文和学术论文，本丛书就是在这些研究成果的基础之上进一步整理、加工、提升、撰

[①] 晋代皇甫谧《帝王世纪》："尧都平阳，舜都蒲坂，禹都安邑。"蒲坂，今山西永济古称；安邑，古代都邑名，位于今山西运城。
[②] 又称"中原神话"。

写而成的。

  本丛书所辑录、整理和研究的神话传说,从主人公的出生地及故事流传地域几方面因素来考量,大致分为以下几种情形:一种是神话传说之主人公出生地在山西,故事原生地也多在山西,主要流传于山西某地或其他地区的神话传说,如帝尧①的神话传说、帝舜②的神话传说、后稷的故事、师旷的故事等等;一种是神话传说之主人公出生地在其他地区,但在山西留下大量活动的足迹,故事的原生地是山西,主要流传于山西或其他地区的神话传说,如黄帝的神话传说、大禹治水神话、姜嫄的故事等等;还有一种是神话传说之主人公出生于其他地区,故事的原生地也在其他地区,但在山西地区有着广泛流传的神话传说,如夸父逐日、仓颉造字等等。不管是何种情形,这些神话传说的共同特点是都有着积极的思想内涵。有的神话传说,如盘古开天辟地、共工怒触不周之山、女娲造人,所反映的是中华民族的先祖们尽管对当时所处的自然环境缺乏认识和了解,也无从对这些现象做出科学解释,但他们又渴望了解和把握这些现象,并且进一步做出化害为利、征服自然的积极可贵的尝试和努力;有的神话传说所反映的是先祖们在恶劣的

---

① 帝尧出生地,国内文化学术界除"山西临汾说"之外,尚有"河北保定说""江苏金湖说"等。
② 帝舜出生地,除"山西永济说"外,国内文化学术界还有"山东诸冯说""河南濮阳说""湖南永州说"。在今山西省永济市及运城市域内有许多与帝舜活动有关的地名,可视作"山西永济说"的佐证。

自然环境下，直面种种艰难险阻、生存困境，所表现出的勇于斗争、不甘屈服妥协的坚强意志和抗争精神，如愚公移山、羿射九日、大禹治水；有的神话传说反映的是先祖们在氏族部落时代，面对自然和社会的敌人，在战争中所体现的崇高英雄气概，以及在治国理政、处理种种人伦关系中所表现出的贤良美德，如尧舜禅让、杨家将故事与关公故事等等；有的神话传说则彰显的是先祖们长期以来同大自然与社会斗争的伟大发明创造，以及在其中所显现的聪明、才能、经验和智慧，如帝尧掘井取水、嫘祖教民养蚕缫丝、后稷教民稼穑、羲和制定天文历法等等。

在这些神话传说中，塑造出许多形象生动、性格鲜明的人物，如仁爱贤德治国为民的帝尧、三过家门而不入的治水英雄大禹、爱情真挚坚韧的牛郎织女、忠义仁勇的关公等等，这些形象已经深深镌刻在人们心中，成为一种深厚的民族文化积淀和鲜明的民族文化标志。同时，这些神话传说的艺术表现形式也非常优美，具有经久不衰的艺术魅力。如大禹治水的神话传说：大禹为根治水患，经年奋战，三过家门而不入，吸取父亲治水的教训，改堵为疏，而最终成功治水。故事情节曲折生动，十分感人。又如愚公移山的故事，把愚公与智叟进行对比，凸显出愚公朴实、坚毅的美好品质，故事富于哲理和教育意义。

这些神话传说具有浓郁的民族特色和地方文化特色。与古希腊以及其他西方国家民族的神话传说不同的是,这些神话传说的题材反映的多是先民在上古农耕生活中人与恶劣的自然环境之间,以及不同氏族部落之间为争夺生存空间而进行的斗争生活;而作为航海民族和游牧民族神话传说中常见的航海冒险之类的英雄故事在山西神话传说中则十分罕见,由此而显现出上古时期我们先祖在黄河流域的生活状貌具有鲜明的农耕民族神话的特色。此外,这些神话传说中的英雄人物也与西方民族神话传说中的英雄人物不同,他们身上所彰显的不只是武艺高强、勇武善战、视死如归的个人品质和英雄风范,同时,还更多地展现出对民族(或氏族部落)的集体责任感和家国情怀,以及为人处世方面的品质和贤德。后世中国文学中的英雄与西方文学中英雄的差异由此开启先河。

这些神话传说,是中华民族的先祖生活经历以及认识把握自我和周围世界的经验智慧的结晶,是人类思维最早绽放的文明智慧之花,可以被视作当时人们生活的"元科学""元艺术"和"百科全书"。在千百年的流传过程中,人们把自己的生活体验、理想愿望、价值观念、审美理想凝聚其中,从而观照出中华民族成长繁衍的历史,其中深深地镌刻着中华民族的集体文化记忆,隐含着深厚的中华民族的种族基因,以及中华民族文化何以成为一种和合文化、伦理文化的深刻文化逻辑,从中我们可以找到解读中华民族文化符码的钥匙。

最后,需要我们特别说明的是,我们在搜集、研究、撰写山西神话传说与民间故事的过程中，广泛吸收和借鉴了国内许多专家和山西师范大学"黄河民俗文化研究所"师生们的研究成果；曾经受到来自山西师范大学、山西省文化科技相关政府机构以及北岳文艺出版社领导和编辑们方方面面的支持和关爱；山西师范大学文学院民俗学专业和比较文学与世界文学专业的研究生白宁、王静、卓琳、李欣静、闫慧芳、李娜、岳文凯、牛靖晶、李佳、王存弟、黄金龙、薛圆媛、杨海玉、崔楠等同学在前期做了大量的资料搜集和初步研究工作。在此，我们一并向他们表示真挚的感谢！因水平和能力所限，本丛书的不足和疏漏之处也在所难免，希望得到广大专家和读者的批评指正。

亢西民

2019 年 10 月于尧都平阳

目录

导言 ···001

一 神话传说

（一）起源地之说 ···006
　　"南方说" ···006
　　"北方说" ···007
（二）山西境内伏羲女娲传说 ·····································008
　　神奇诞生 ···008
　　问天成婚 ···009
　　灵感八卦 ···011
　　女娲补天 ···013
　　女娲造人 ···014
　　神像择庙址 ··015

洪洞辛南村梳妆楼传说 ················016
潞城女娲传说 ····················017

（三）其他地域伏羲女娲传说 ············019
成婚传说 ·······················019
出生传说 ·······················022
伏羲与龙 ·······················024
女娲补天 ·······················024
女娲移山 ·······················027
造六畜与人类 ····················028
赋人岁数 ·······················029
制造笙簧 ·······················030
开创农业 ·······················031
神鸟鹦哥 ·······················032

二　民俗与信仰

（一）伏羲女娲民俗信仰 ···············036
创世神与英雄神 ··················036
始祖神 ························037
生育神 ························038
发明神 ························038
农神 ·························039
高禖之神 ······················039

（二）山西境内的民间信仰活动 ……………………………041
  洪洞县侯村女娲庙会 ……………………………041
  吉县多样的信仰民俗 ……………………………044
  万荣县后土祠庙会 ………………………………046
  交城覃村琉璃节和潞城娲皇宫庙会 ……………047
（三）其他地区的民间信仰活动 …………………………048
  甘肃省民间信仰活动 ……………………………048
  河南省民间信仰活动 ……………………………052
  河北省民间信仰活动 ……………………………057
  陕西、江苏民间信仰活动 ………………………059

三　文献与古迹

（一）文献资料 ……………………………………………063
  诗词歌赋中的伏羲女娲 …………………………063
  历史文献中的伏羲女娲 …………………………065
（二）古迹景观 ……………………………………………081
  晋南境内 …………………………………………081
  晋东南境内 ………………………………………094
  其他省市 …………………………………………097

四 文化内涵

（一）天命观与根祖文化 ················112

（二）婚姻与生殖文化 ················115

（三）民俗文化 ····················118

    石头崇拜 ····················118

    葫芦、柏树、蓍草崇拜 ············119

    图腾崇拜 ····················120

（四）精神文化内核 ················123

（五）伏羲女娲传说与伏羲女娲文化的当代价值 ········125

参考文献 ························127

导 言

三皇五帝历来被看作是中华文明的始祖,而在众多记载中,伏羲和女娲常常被纳入"三皇"之列,二人亦被后世视为华夏最早的创世神、始祖神、生育神、英雄神、发明神、农业神以及高禖之神。

伏羲女娲的传说从上古时期就开始流传。传说中伏羲名号众多,如:伏犠、伏牺、伏戏、宓羲、宓牺、包牺、庖牺、疱牺、炮牺,别号有春皇、羲皇、皇羲、大昊、太昊、昊天等。传说中女娲的名字来源于"蛙",本身就蕴含着生殖的含义。伏羲、女娲二人的关系说法众多,有传说是兄妹的,有传说是夫妻的,还有传说女娲是伏羲接班人的。伏羲和女娲的形象最早见于汉代画像石,均为人面蛇身,二人脸相对或相背,尾巴却总是盘绕在一起,伏羲形象常常是一只手举着规,另一只手举着太阳,太阳内部有鸟,女娲形象一般是一只手举着矩,另一只手举着月亮,月亮内有桂树和蟾蜍。

伏羲女娲传说流传地域十分广泛，在我国山西省、甘肃省、河北省、河南省、陕西省、山东省、台湾以及南方少数民族地区都有流传。例如：感应出生、问天成婚、推演八卦、炼石补天、抟土造人、确定姓氏等都十分有名，不同地区的传说版本稍有不同。而且在全国范围内，许多地区都形成了关于伏羲女娲的信仰，并且代代流传着与此相关的古老习俗。

随着时代发展，关于伏羲女娲传说的研究逐步深入，人们对人文先祖的认同感日益增加，对伏羲女娲的崇拜也不断强化。目前，全国许多地方都发现了伏羲女娲的遗址，各地祭祀活动也在进行中。伏羲女娲精神在今天依然鲜活，对引导现代人更好的发展、构建和谐社会等方面有着极其重要的影响。

一
神话传说

说到伏羲和女娲，人们在崇拜敬仰之余，可能会生出一连串的疑惑：我们的祖先为什么是人首蛇身这奇特的形象呀？他们手中举的日、月、规、矩仅为装饰吗？创世大神是如何存在于这华夏大地的？伏羲女娲既是兄妹为何又为夫妻呢？这其中发生着怎样动人的故事啊？各地的传说版本又有哪些不同呢？

（一）起源地之说

伏羲女娲传说是中国少有的在全国范围内都有流传的上古传说之一，其内容丰富、种类多样、分布广泛、含义深刻，历来深深吸引着人们的目光。尤其是"其起源地在何处"这一问题更是后世学者、民众想要搞清楚的谜团，目前，关于其起源地的说法影响较大的有以下两种：

"南方说"

"南方说"认为伏羲女娲传说的起源地主要集中在我国湖南、贵州、广西、云南等地，持此说的有芮逸夫、闻一多等，芮逸夫搜集的伏羲女娲的洪水故事就超过了二十篇，闻一多则是通过严谨考证系列论证了伏羲女娲的相关问题。

"南方说"的着眼点主要在于当地洪水故事的流传。例如：湘西凤凰苗人吴文祥叙述洪水故事及《傩公傩母歌》、贵州贵阳南部雅雀苗洪水故事、广西武宣修仁瑶人洪水故事、云南倮倮洪水故事等①，都是以洪水故事为母题的。

"北方说"

20世纪80年代以来，随着考古资料的发现，"南方说"渐渐受到挑战，"北方说"兴起，持此说的有茅盾、杨利慧等。"北方说"认为伏羲女娲与中原地区有密切联系，其传说与遗迹主要分布区在甘肃、山西、河南一带。如：甘肃天水卦台山以及100多处关于伏羲的遗址，山西吉县柿子滩岩画、山西洪洞侯村娲皇宫、伏羲画卦的卦底村、伏羲八卦亭，河北涉县娲皇宫、新乐伏羲台，河南太昊陵、人祖庙、伏羲八卦坛等，这些遗址物证使得人们对伏羲女娲传说起源北方之说增添了可信的证据。

---

① 闻一多：《伏羲考》，上海古籍出版社，2006，第9~10页。

(二)山西境内伏羲女娲传说

实际上,随着伏羲东迁,伏羲女娲的活动足迹遍布全国各地,相关传说的流布范围也极广,本文选取影响较大的传说,以期对伏羲女娲信仰的民俗意义及现代影响做简要分析。首先,我们来看山西境内流传的关于伏羲与女娲的传说故事。

神奇诞生

传说上古时期,在古冀州,即今山西洪洞县境内,有个叫雷泽的地方,那里风景秀丽,环境优美。有一天,一位来自华胥氏的女子到这里游玩,玩到兴起时,突然发现地上有个巨大的脚印,这女子心生好奇:是怎样的人才有这么大的脚印呢?这个脚印是怎么留在这地上的呢?于是,她边打量边把自己的脚放进去比较,玩得不亦乐乎。这位女子回家后,竟然神奇地怀孕了,不久便生出了一对可爱的小兄妹,这就是伏羲与女娲。

中国传说史上，类似神奇诞生的传说不在少数，如简狄吞燕卵而生商契，姜嫄履大人足迹生后稷，此类传说在一定程度上是母系氏族社会人们只知其母不知其父的原始家庭生活状态的反映。

问天成婚

传说中，伏羲、女娲本是同根生的兄妹，而兄妹二人为何会成亲？他们的成亲背后蕴含着怎样深刻的寓意呢？

相传，有一年，华胥氏全族人几乎毁灭于一场极其严重的洪水灾害，唯独兄妹二人伏羲和女娲得以活命。只见他们二人合抱着一个巨型葫芦，利用葫芦能够漂浮在水上的特性（另有传说是石狮子驮着二人），顺流而下，直至登上前方的大山方得逃生。这座山便是后人敬仰的"人祖山"，位于今山西省临汾市吉县境内。洪水过后，人类的繁衍生息成了迫在眉睫的问题，这便衍生出伏羲、女娲的成婚故事。值得注意的是，山西境内不同地方流传的成婚故事版本各异。

首先，吉县境内流传着"隔山穿针成婚"和"滚磨成婚"的传说。为了繁衍人类，兄妹俩通过知晓天意来判断他们是否可以成婚，如果穿针成功了就说明上天同意二人成婚；若不成功，则表示他们不可以结婚。于是，伏羲、女娲在两座山头相背而立，女娲手里拿针，伏羲抛出线，让线穿过女娲手中的针眼，结果，二人顺利穿针。因为害羞，在洞房内伏羲手拿树叶，女娲手拿扇子盖住自己的脸，结为夫妻，繁衍后代。为了纪念繁衍人类的功劳，后世便将该地命名为穿针梁，穿针梁位于今天吉县境内人祖山上。

另一则滚磨成婚的传说与上一则传说相比，问天意的方式颇为不同。传说伏羲、女娲为了问明天意是否同意他们结婚，听从了石狮子的指点后，分别拿着半扇磨盘，站在东西对立的两座山头，虔诚地祈求上天："为了繁衍人类，假如您同意我们兄妹成婚，那就让我们手中的磨盘滚到一处，合为一体，不然，则让磨盘各奔东西。"说完，便将手中的磨盘沿沟滚下，果不其然，上天准许伏羲、女娲成婚，让磨盘紧紧地合在一起了。这个地方便是现在人祖山的滚磨沟。

其次，洪洞境内的成婚传说主要集中在卦底村，包含"烟火成婚"和"滚磨成婚"的不同情节。

卦底村流传着这样的传说：伏羲、女娲在有了结为夫妻的想法后，考虑到是兄妹关系，二人既害羞又担忧，怕引来上天的惩罚。因此，为了探测上天的意思，明白他们是否可以成婚，伏羲、女娲想了一个办法。他们分别在自己面前生一堆火，口中念念有词，祈祷着如果老天答应此事，那就让袅袅烟气两股合一股，要是不答应，那升起的烟就随风飘散，二人也就此打消念头。令人惊喜的是，烟气随着虔敬的祈祷缓缓升起，在高空处相互靠近，彼此融合，渐渐交织在一起。二人便顺利成婚，繁衍人类。

在洪洞卦底村的滚磨成婚传说中，成婚原因、测天意的方法、情节以及结果,都与流传在吉县的滚磨成婚传说相近,不同的是指点二人的对象不同。吉县滚磨沟的指点者是石狮子,通过开口说话的方式告知二人滚磨;而卦底村的传说中指点者则是一位智慧的老人,并且这位老人的出场方式极其特别,他同时出现在伏羲、女娲的梦里,使得二人做一模一样的梦,指引他们在洪洞卦地村有个磨盘沟,让兄妹二人到那里去祈求天意。

从以上伏羲、女娲成婚传说中可以明显看出先民具象思维的遗存,如将线头、针鼻儿、磨盘等联想为男性与女性的生殖器;再如这类成婚传说的一大特点就是成婚前都要祈求上天的意愿,上天同意了才会结婚,这也反映了人们相信天命,认为姻缘是上天注定的古老观念。同时,伏羲女娲成婚传说还说明了在上古时期族内婚的存在,而二人坚持问明天意、为了繁衍人类才成亲,似乎是意识到了近亲繁殖的危害,这也为伏羲女娲制定婚姻制度打下了基础。

灵感八卦

山西临汾的洪洞县流传着伏羲画八卦的传说:有一天,伏羲正在黄河边喝水,突然传来紧急的呼声:"不好啦,有怪物!"直引得伏羲抬头去看。其实这根本不是怪物,而是一种祥兽,因有着龙的头,马的身子而得名龙马。龙马看到伏羲后,反而安静下来,又围着伏羲绕了三圈,将它的背彻底展现在伏羲的眼前,随后便凌空飞去。伏羲本就在思考世间的奥秘，又看到这祥兽相貌不凡，加上其背上的图点高深莫测，眼前的一切令伏羲久久不能忘怀。于是，伏羲便将他所看到的图点丝毫不差地画下来，随身携带，以便参透其中深意。这便是后世大名鼎鼎的"河图"。

伏羲隐约中感到这图点揭示着宇宙的奥秘，但自己还是参悟不透。正在苦苦思索之时，有只神龟乘着一道白光从洛水中喷薄而出，出现在伏羲面前，这神龟任由伏羲将其托在掌心。伏羲这才看到，原来这龟背上也有不同寻常的纹路，仔细辨别，这纹路清晰有致，就像是世间的万千气象，这就是洛书。看看掌中龟背上的花纹，再想想之前见到的河图，如果用洛书来解释河图，那不就正好阐释了天地阴阳互生、彼此分合的奥秘吗？这样的念头闪现在伏羲脑海，他好像一下子明白了什么似的。

有了"河图""洛书"的神秘启示，伏羲瞬间顿悟，日夜推演，开始画卦，最终，他悟到了世间万象皆阴阳共生，天地、男女、水火都分阴阳。这时，他看到以卦底村为中心，村中形成了"S"形的深沟，周边8个村庄围绕着卦底村分布。于是，便推演出太极生两仪，两仪分阴阳，阴阳生四象，四象又生八卦，在洪洞卦底村开创出了容纳万象的八卦图。现在洪洞县还能看到"十里八卦"的景象，也就是卦底村分为南北，这两部分即代表阴阳两极，方圆八里之内有八个村子，这之外又有如众星捧月般的十个村子的景象。

八卦图一经问世便被延伸出无数的内涵与意义，尤其是后世

《易经》在伏羲先天八卦的基础上创造了后天八卦,又由八卦衍生出六十四卦,囊括世间万物,动静百态,既可以推演变化之道,又可以预测吉凶祸福。可以说,在先民眼中,这其中包含着的是天地万物遵循的自然秩序与社会伦理;可见,伏羲推演八卦的传说其背后蕴含的是人们对社会秩序和人伦事理合理解释的期待。

女娲补天

在山西洪洞县有关于女娲补天的故事:相传,水神共工和火神祝融之间发生过一场规模宏大的战争,以共工失败而告终。既损失了手下大将,又失去了儿子的共工气愤难耐,心想真是无颜再活着面对世人了,自己的宏图伟业也毁于一旦,越想越气之下,便冲着不周山撞了上去,想要以此了结生命。谁知,撞山只使得共工晕了过去,不周山却被撞倒了。这不周山原本是支撑上天的一根柱子,被撞倒后,天就破了一个大窟窿;于是洪水侵袭大地,野兽不时出没,世间生机顿失,百姓生灵涂炭。

善良的女娲明白,不能让天一直塌着,必须想办法把这个窟窿给补上。她想到了冶炼石头来补天的办法,可是,到哪里去找可以补天的石头呢?女娲游历各处,当她经过洪洞时,感应到这里神圣清明,可以采集天地精华,于是她用自己的神通经过了整整八十一天的冶炼,终于炼制出了五色补天石,及时把塌陷的窟窿给补上了。上天重现光明,人间不再黑暗,天地之间又重新恢复了往日的生机。

窟窿补上了,但是因为不周山的折断,天还经常晃动。为了让天稳定结实,勇敢的女娲还与怪物鳌大战,用长剑斩断大鳌的四条腿,支撑在大海与上天之间,这样天就稳稳当当地悬在了上空,人们再也不用担惊受怕了。

女娲造人

传说,女娲善于创造,能造出各种事物,而且种类繁多,每日即可创造七十种。这一天,天朗气清,女娲独自走在世间,看着周围的草木阳光,再看看自己独自一人,忽然心中生出孤独之感,就这样走着走着,女娲来到了水边,看到水里自己的倒影时而皱眉,时而笑脸,她产生了创造跟她一样的人的想法。

说干就干,女娲在水边抓起一把黄土,混着水,对照自己的影子,用手捏出了跟自己一样的小娃娃;这娃娃一沾地便会说话,会活动,给女娲带来了很大的快乐。女娲捏了很多很多娃娃,捏着捏着,女娲感觉有些劳累,她便用一条绳子蘸着泥巴甩起来,甩出的泥巴也变成了一个个的娃娃,不久大地上到处都充满了娃娃们的欢声笑语。女娲看着大地充满了生机,欣慰地笑了,还把这些娃娃命名为"人"。

相传女娲抟土造人的这一天正好是正月的第七天,后世也便把每年的农历正月初七称为人日,并进行相应的习俗活动。在洪洞地区就流行着"贴人胜"的习俗,也就是在正月初七给房间里挂上或者贴上人形的图案,人胜材料可以是金箔纸、丝织品或者是其他吉祥颜色的纸,以纪念造人的功德。

神像择庙址

在洪洞地区有这样的传说:在金代有一年天降暴雨,连绵不绝,造成地上发大水,大水将原本在侯村的娲皇庙连同庙里女娲娘娘的塑像一起冲到了下游的河滩上,路程渐远,水势变缓,而神像也被水底的淤泥给挡住了。渐渐地,水位下降,人们恢复了往日的生产生活。有一天,一位路过此地的商人听到河滩有呼救声,他便与仆人一同找寻这声音的来源。谁料,四处寻找也看不到人,还是呼救声不断。这商人仔细倾耳听,随着声音竟来到了陷在淤泥里的女娲娘娘的神像前。

一看到是神像,商人与仆人就连连跪地磕头,并祈愿说:"女娲娘娘,我们来迟了,您受苦了。我们这就把您送回庙里好生供奉。"这两人一起搭手把神像拉出淤泥,请到马车上。说也奇怪,尽管是在拉着神像,又走在泥泞的地里,这马却能够拉着车走个飞快。

等到了辛南村地界,马突然走不动了,仆人一再赶马,马车却无论如何都不动分毫。围观的人也越来越多,眼看天色渐晚,正在众人焦急之时,仆人"阿嚏、阿嚏……"连着打了十好几个喷嚏,仿佛已经不是自己,开始对着众人指示:"我本是补天的娲皇女，抟土造人有奇功。原住霍山脚下侯村庙，历代朝野都供奉。本不想迁徙挪他地，只怪殷纣王那畜生。在我庙壁留秽诗，至今庙内有余腥。因此去游神仙地，择地建庙设寝宫。选中龙泉这宝地，人杰地灵保平安。众乡亲莫要白费力，哪知我比泰山重。人推马拉全无用，轻重必我显神功。我要在龙泉扎老营，风水宝地建庙宫。请众乡亲须牢记，句句吩咐照样行。"

众人这才明白，原来是女娲娘娘看上了这个地方的人杰地灵，便连呼："一定照办，一定照办。"就这样，在辛南村有了一座供奉女娲娘娘的娲皇庙，当地人们以农历三月初十为女娲诞辰，每年都要在这里举办庙会，好不热闹。

洪洞辛南村梳妆楼传说

相传，在清朝顺治年间有一位平阳知府，他的女儿容貌端庄，精通诗书，又擅弹好唱，各方面都出类拔萃，堪称人中之凤，备受这位知府的宠爱。可这一天早上，知府女儿正常的洗漱沐浴之后，却突然离奇去世。面对这从天而降的灾祸，知府一时难以接受，他忍痛料理了女儿的后事，却还是久久不能释怀，心想：我这女儿生得漂亮，一来无外伤，二来一向也身体健康，并无暗疾，怎么会突然就撒手人寰了呢？

整天琢磨这件事，终于，朝思暮想的知府得到了回应。这天晚上，知府做了一个奇怪的梦。梦里亲切可爱的女儿出现了，与女儿重逢的知府高兴之极，一时忘了女儿已离去。这时候，女儿扑通跪在知府面前，眼中含泪说道："父亲大人，您千万保重身体。那日早晨，我得知辛南村的娲皇圣母需要侍奉，便去到了她身边，一时没有来得及跟您诉说缘由。今日女儿不忍见父亲日夜思念之苦，借此梦跟父亲道清始末缘由，万望父亲大人一切都好。"说完，女儿便姗姗离去。梦中得知女儿的去向后，知府当即决定去辛南村辨一辨真假。

第二天一早，知府带一行随从马不停蹄到了辛南村，来到娲皇圣母庙前，映入眼帘的庙宇建筑雄伟气派，女娲塑像庄严慈祥。知府亲眼看见后更是五体投地虔诚膜拜，心想自己女儿就是来侍奉娘娘了，内心的忧愁顿时化作满腔感激，便对着神像发下誓愿，要建造梳妆楼表示感谢。此后，当地许多对女娲娘娘的祭祀活动便在此地进行了。

潞城女娲传说

相传，女娲用黄土造人，立下了伟大的功绩，天上的神仙们都认为这样的功绩简直可以与开天辟地的盘古相比，于是女娲顺理成章地继承了皇位。可是在这时，有一个神叫共工，是掌管四方之水的，他也想要继承皇位，就对女娲的即位特别不满意。为了表达自己的不悦，女娲即位后，共工便到处惹是生非，随意地将大水泼向人间。

女娲见这情形，就问众大臣："诸位有什么良策吗？"这时，掌管天下之火的一位大神，名叫祝融，他站出来说："都说水火不容，我去制服他！"于是，共工用水猛浇，祝融用火强攻，二人天上斗，地上打，大战了不知多少个回合，终于，光明战胜了邪恶，祝融的天火挡住了共工的挑战。水神手下的兵将一个个都被烧得灰头土脸，有的甚至失去了生命。共工失败了，心想：没继承了皇位，现在连火神也打不过，唉，损兵又折将，我这以后可怎么活啊，真不如一头撞死好了。这样想着便撞向了不周山，不周山就在今天的长子县，本是支撑天的大柱子，它一折，天立马就漏了个大窟窿。二人打仗的天火、大水通通都涌向民间，一时大地黑暗，各处荒芜。

　　女娲要拯救人类，就必须寻找适合炼石补天的地方。走啊走啊走啊，女娲终于发现了一个非常适宜炼石的山——天台山。这里地势高，石头充足，水源丰富，视野开阔，女娲在这里炼石八十一天之后，炼出了厚十二丈、宽二十四丈的五彩大石，又用了四年练出三万六千五百块五色石，女娲和天上的大神们一起把天给补好了，阳光从五彩的石头上透下来，就成了彩色的云霞。女娲不辞辛劳地补天立地，使天下重新回归太平，众神纷纷来到天台山迎接女娲回归皇位，于是今天潞城市魏家庄的天台山便成了传说中的女娲定都之处。

（三）其他地域伏羲女娲传说

众所周知，伏羲女娲的传说不限于一时一地，而是在全国范围广泛流播。上面我们讲了山西境内流传的伏羲女娲传说，那么其他地区的传说与山西境内的是否一致？这些地方又有着怎样神奇的故事呢？一起来看看。

成婚传说

各地关于伏羲、女娲成婚传说的背景大同小异，基本情节为洪水过后，世上只剩下他们二人，为了繁衍人类，他们必须选择成亲。

伏羲意识到这个问题后，跟女娲谈起来，说："我们不能让世上没有人啊，咱们结合为夫妻，好吗？"女娲心想：我和伏羲是亲生兄妹啊，这是不可以的。伏羲和女娲各执一词，都坚持自己的看法，始终达不成一致。于是二人决定去找一样动的东西和一样不动的东西来询问。

他们首先找到一只乌龟,不出意料,乌龟回答:"可以成亲啊!"女娲心里还是犯嘀咕,灵机一动,想了个主意,便对伏羲一一道来:"哥哥,这样吧,这里有一座山,你和我都围着这座山跑,要是在太阳落山前你追到我,我就同意了。如果追不到,以后就不要再提这件事。"说着,伏羲和女娲就开始互相追赶起来,在后面的伏羲一直也追不上女娲,眼看太阳就要落山,一旁的乌龟想如果伏羲一直追一直追,而女娲一直跑一直跑,是怎么也追不到的,于是给伏羲想了个好办法,让伏羲躲在石头旁边,等女娲跑过来的时候就可以把她追上了。伏羲觉得乌龟的话有道理,便按照这个方法,果然把女娲追上了。由此,女娲对乌龟好感全无,对着乌龟一顿大骂,乌龟也深知自己出的主意不光彩,就把头缩进壳里,只等没人时才伸出头来看一看。

二人又一起去问竹子,竹子回答:"兄妹二人可以结婚的。"听到这里,女娲心里还是不服气,又气又急之下,对着竹子说:"你说可以成婚是吧,那我把你砍成好几节,如果你能接起来继续好好活着,那我就同意了。"说完手起刀落,竹子已经被砍成了几个小节躺在地上。这时候,奇迹出现了,竹子一节节拼起来,又变成了充满生机的竹子。只是,竹子全身有了不少的接痕,从此以后,人们见到的竹子都是一节一节的了。

经过多次询问与考验,女娲终于同意与伏羲成婚了。二人结婚后不久,女娲就生出来一个大肉球,这是什么呢?伏羲决定把大肉球割开看看究竟。肉球一打开，竟然从里面走出来一百个小家伙儿，这些小家伙儿们每个人都有一个姓氏，这也就成了后世的百家姓。

甘肃还流传着这样的传说：很久以前，有一对兄弟，雷公为兄，掌管天上，高比为弟，掌管地下，另有一双儿女名叫伏羲、女娲。有一天，高比和雷公因为下雨的事情起了冲突，雷公使出看家本领，想要一下把弟弟给劈死，而高比却早有防备，把一个鸡罩扔过来把雷公罩到里面。因为这鸡罩是按照八卦形式编成，任雷公怎么折腾也挣不开。

这一天，高比有事情要出门，但是又担心雷公这边出了什么岔子，就特意叮嘱孩子们不要给雷公水喝。一见高比出了门，雷公立刻装扮成可怜的样子，引起孩子们同情，果然他就要孩子给他水喝，百般哀求下，小孩子抵不住便给了雷公几滴水。谁知，雷公一喝水就变得力大无穷，竟然冲破了鸡罩想要逃跑。不过在他逃跑前，他对送他水喝的伏羲和女娲心怀感激，于是就把自己的一颗牙送给他们，并告诉他们一定要种到土地里去。

随后，雷公回到了天上，为了泄恨，他时时刻刻都在给人间下雨，人间瞬间洪水滔天。伏羲女娲种的牙齿结出了葫芦，他们二人就将葫芦籽掏出来，钻进葫芦里，随水漂流避过了这次大灾难。等到洪水退去后，他们才发现这世界上只剩下他们两个人了，太白金星指引二人成亲，但是伏羲和女娲都不同意。后来经过几次测验，都显示上天准许成亲。他们只得遵照天意结婚了。不久，女娲就生产了，只是生出的是一块儿磨刀石。伏羲用力将这磨刀石敲碎，瞬间变成了人类和许多动物。

湖北省还有女娲配伏羲的传说。相传，当伏羲看到世界上一个人也没有了，就跟女娲提出成婚的想法，女娲根本是不愿意的。他们就分别站在太阳山的东西两边，每人点燃一根檀香，檀香冒出的烟徐徐升空，在空中还是各走各的，这时有一只乌龟看见了，就随口一吹，让两股烟合在了一起。女娲又想了滚石磨和哥哥追妹妹的测验，因为这只乌龟一直在暗中给伏羲出主意，所以这几次考验都成功了。女娲恨透了这只乌龟，于是用石头砸向乌龟，把它砸死了，伏羲心中很感激乌龟，就用尿液把乌龟救活了，从此，乌龟身上就多了一股臊气味，乌龟壳也因被石头砸而变成了八卦图的样子。总之呢，二人最终成婚，在成亲不久，女娲就怀孕了，这一孕就是整整三年，没想到生出来的却是个大肉球，伏羲举起刀把这个大肉球砍破，一下子从里面跳出来一百个孩子，其中，五十个是男娃娃，五十个是女娃娃。伏羲女娲还给每个人都定了一个姓氏。

出生传说

传说，伏羲的父亲是雷神。雷神早年间脾气暴躁、经常发火，生起气来又是擂鼓，又是吼叫，搞得人间雷声隆隆，大雨如注祸及百姓。当地华胥国有位善良的姑娘，心想不能一直这样啊，这样下去人类就毁了，于是她决定一探究竟。

  这一天，华胥国的这位姑娘来到了雷神居住的雷泽，在寻找雷神之时，踩到了一个大脚印，顿时身上产生一种很奇异的感觉；这脚印正是久居此地的雷神留下的。当她见到雷神之时，毫不畏惧地质问雷神为什么要不断发怒，使人民陷于水深火热之中。雷神见眼前这姑娘十分善良勇敢，便说："我可以安分守己地回到天上去，可是我希望你能和我在一起。"姑娘同意了这个请求，从此换来了人们安宁平和的生活。

  与雷神上天后不久，姑娘就生了一个男孩。为了缓解思念亲人之情，姑娘将孩子放在一个葫芦里沿河流漂回去，这孩子便是"伏羲"。

  甘肃天水伏羲女娲传说中将二人的出生地具体化了。在很久很久以前，在成纪，即今天的天水有一个女子，有着很奇异的本领，水火伤不着她，野兽也害不了她，所以她总是一个人去森林里玩，高兴的时候还要在林中一个巨大的池塘里洗澡。有一次，她洗完澡后就躺在池塘边的一个大脚印里晒太阳，没想到很快她有了异样的感觉，连肚子也鼓起来了，这时候，就从她肚子里生出来个孩子。一位女子独自生了孩子，她觉得没脸见人了，就想要投水自尽，神奇的事情又发生了，从池子里跳出来一只大青蛙，它看见岸上的孩子后，就变成跟他长相一样的一个人。这个岸上的孩子就叫伏羲，从池塘里跳出来变成人的就是女娲。因为他们都是在池塘里出生的，所以他们就是亲兄妹了。

伏羲与龙

相传,在上古时期,天下四方被划分为九个部族,每个部族都供奉着神圣的保护神,而伏羲所带领部族的保护神是蟒蛇。当伏羲将都城建在中原之地后,就开始逐步征服天下的其他部落。传说,当伏羲征服了北边的部族后,便将其供奉的保护神与自己部族的蟒蛇相互融合,以达到保护所有人的目的。

就这样,北边的两个信奉雄鹿和老虎的部族,东边信仰鲨鱼、鲸鱼的两个部族,南边供奉鳄鱼、巨大的蜥蜴、红鲤鱼的三个部族,以及西边崇拜苍鹰的部族,都逐渐被伏羲部族所征服。这样一来,伏羲便掌管着天下的九个部族,为了使天下太平,人民安乐,伏羲族的图腾渐渐地加上了雄鹿的角、鳄鱼的头部、老虎的眼睛、鲸鱼的长须、蜥蜴的腿、老鹰的利爪、鲤鱼的鳞片和鲨鱼的尾巴。至此,一个备受后人敬仰、深得崇拜的瑞兽——龙,腾空出世了,它兴云布雨,调和气象,护佑着天下苍生。就在今天,我们还说自己是"龙的传人"。

女娲补天

女娲补天传说在流传过程中不同地区形成了不同的故事版本。四川广汉市流传着女娲用石块补天的传说:不周山被水神共工撞倒之后，给大地和上天造成了极大的破坏。大地失去了平衡，向一个方向倾斜，天上也被震出许多个洞，天河里的水顺着这些大洞小洞哗哗流到了人间。女娲看见后，迅速拿起大石块把天上的大洞给补住，补着补着，天上的大洞基本被塞上了，只是还有一些小的缝隙在漏水。女娲又想到可以拿小石块儿来补上这些小洞，她塞啊塞，每一处都仔仔细细地检查过才放心。终于，天被补好了，石头也相互挤压没有一点缝隙，天河的水也不再往下流，女娲这才放心。那些补天的小石块儿在晚上一闪一闪，就是我们现在看到的星星。

四川省绵竹县和浙江省丽水市都流传着女娲炼石补天的传说。背景与上则传说大同小异，不过补天的方法略有不同。绵竹的传说是女娲不忍心看生灵涂炭，就选址在昆仑之巅冶炼有灵气的仙石，用这些炼好的石头补好了苍天。在丽水市的传说中，女娲是得了玉皇大帝的圣旨，奉旨补天。相传，女娲在人间炼造五色石，从早忙到晚，顾不上吃饭，也顾不上休息。就在女娲又饿又困、精疲力竭之际，人间有一位妇人帮了她的忙，给女娲送来了一种叫"果扁"的食物。可是女娲娘娘正在天上补天呢，怎么给她吃到呢？这位妇女想到个好办法，立即用红线把果扁拴牢，吊到天上去。这样女娲娘娘吃了饭后就恢复了力气，很快就把天给补好了。就在今天，当地还流传着正月二十吃果扁的习俗。

四川中江县、河北高邑县以及河南西峡县的补天传说中都出现了女娲补地、支天地的情节。四川中江县传说，盘古开天辟地，却忽略了大地上水流的问题，造成了大地的水无法及时排泄出去。女娲在补好天后发现了这一问题，就把大地东南边的泥土和石头搬过来，移到了大地的西北方向，这样大地上的积水就自西向东注入了汪洋大海。河北高邑县传说，女娲补天成功后，担心大地不平衡，于是苦思冥想支地的办法。这时，一直大鳌从河水里游到女娲面前，它明白了女娲的心事后，决定为了人类做出牺牲，便义无反顾地对女娲说："我有四条腿，每一条都很粗壮，支撑天地没有问题，你把我的腿砍去支天地吧。"女娲虽心中不忍心，但她也实在找不到其他东西来代替了，只好按照大鳌说的做。只是，这大鳌的四条腿前腿短，后腿长，女娲用这腿支地后，就把大地变成今天这样西北高、东南低的样子了。河南西峡县的传说中，大鳌自己咬断四条腿送给女娲做擎天的柱子，女娲用自己的衣服裹住大鳌，没想到衣服变成了鱼鳍，大鳌在河里游泳也不受影响，大鳌的腿撑住了天地后，太阳也随着地势每天东升西落了。

江苏涟水县还流传着女娲用芦灰治积水的传说：天补好了以后，女娲发现地上有很多很多积水，影响人们生活。于是，女娲找来了芦草灰铺在大地上，很快就把地上的积水给吸干了。后来，人们都说女娲当年铺芦草灰的地方就是现在的华北平原，有时候还能从地下挖出黑色的土，那就是女娲留在地上的芦草灰。

河北涉县地区流传的女娲补天传说与当地的风土民情结合得十分紧密。传说，当水神共工把天柱不周山撞折后，女娲在清漳河附近炼黑色、绿色、蓝色、黄色和红色的五彩石。突然，女娲发现了一块儿石头，瞧这石头大小均匀，她便想着等天留下一个跟这个差不多大小的窟窿时就把这块儿石头用上。后来，等到女娲把天补好后也没有用上这块石头，女娲就把这石头留在了人间，谁知补好天后的女娲太累了，不知不觉就靠在了这块石头上进入了梦乡，据说现在石头上还印着女娲的影子呢！

女娲移山

河北省涉县有这样的传说：相传涉县中皇山的娲皇宫靠近清漳河，娲皇宫内生活着人人敬仰的女娲娘娘。但是呢，每年农历五六月的时候，天气炎热，河水上涨，时间久了，面对着发大水的清漳河，女娲娘娘实在不堪其扰，下定决心要把眼前的这座山给推走，让河水绕道而行。

这一天，女娲娘娘使足了力气，左手使劲推着山脊，右手在下扶着山脚，在即将要把山推动的时候，清漳河的河神路过此地，立即阻止女娲娘娘移山，说话间河神便找来许多鹅卵石，支住了大山，歇了口气，河神这才缓缓说道："这高山大川，小溪河流，都是盘古爷开天地时定下的位置，咱们还是不要随意移动。"女娲听后，这才明白了，于是就不再移山。今天您去看，山脚下还真压着鹅卵石，上面还有河神的手指印呢！

造六畜与人类

相传，女娲善造万物，在正月的初一至初七的七天内造了鸡、狗、猪、羊、牛、马以及人类，故而后世有正月初一为鸡日，初二为狗日，初三为猪日，初四为羊日，初五为牛日，初六为马日，初七为人日的说法。

河北涉县流传的相关传说稍有不同。在很久很久以前，为了让人间更热闹，玉皇大帝将天上的一些动物放到了人间，可是那是个食物紧缺的时代，人们和动物常常因为争抢吃的闹得不可开交。有一天，动物和人类又开始争吵，女娲娘娘就把人类和动物们都给召集起来，了解情况并调节双方矛盾。明白了事情原委后，女娲娘娘就有了办法。她在漳河岸边创造了六畜，命令六畜要助人类生活，这样人类有了帮手，就能够创造更多的吃食，也不会再继续杀害其他的动物了。

涉县还流传着与现实生活联系更加密切的造人传说，地点依旧是在清漳河岸边，女娲抟黄土造人，可是女娲觉得这样下去速度太慢，于是就用柳树枝条蘸着泥巴甩泥点，甩出来的泥点一落到地上就都变成了活生生的人。那些被女娲用手捏出来的泥人，个个精致，生的漂亮，成为社会中的上层人，而被甩出来的泥点，就成为一般的人，这些人儿落到平原地界的就耕田为生，落到水边的就在水上捕鱼为生，落到山上的，就打猎，落到青草地里的，就靠着放牧过生活。

还有地方传说，女娲在捏好泥人后需要晒干，才可以变成人。有一天，女娲把捏好的泥人放在太阳下，没想到天公不作美，下起大雨来。一时间，女娲顾此失彼，有的泥人被雨水打在脸上，变成人后就长着一脸的麻子，有的泥人被女娲扫进簸箕，要么是碰断了胳膊，要么是碰断了腿，变成人后就身有残疾了。

赋人岁数

现在人们常有"向天再借五百年"的感慨，古时候，在女娲造出六畜和人类后不久，六畜和人类就对自己能活多久产生了极大的兴趣，可是谁知道自己能活多久呢？想知道自己能有多少岁数该去问谁呢？忽然有人说，是女娲娘娘创造了我们，或许她应该知道。这一说法人人赞同，于是六畜和人类同去找女娲娘娘问岁数。

女娲娘娘听明来意后，大方地告知了各位的岁数："鸡十年，狗活二十年，牛马都是四十年，人类活二十年。"这一听，六畜和人类可就炸了锅，六畜嫌自己每天都在劳作，吃的住的都不好，不想活那么久，而人类恰恰相反，人类觉得二十年太短暂，想要女娲娘娘再给多些寿命。女娲略一思忖后，对着他们说："既然你们都有想法，那我就尽量满足。这样吧，鸡改为活五年，狗改为活十年，马和牛都改为二十年。人类呢，想要更多岁数，那就把这些动物的拿去吧。"说罢，还特意问了各位是否都愿意，六畜和人类听到这一安排,无不心满意足,欢欣鼓舞,喜笑颜开地称:"满意满意!"

就这样,人类得到了七十五年的岁数,但是这七十五年中只有二十年是人的本分岁数,人类可以自由自在地生活。二十到四十岁呢,人就过马的岁数,就像马一样精力充沛,可以说这一阶段是人生奋斗的黄金期。四十到六十岁,人得到了牛的岁数,这一阶段的人像老黄牛一样踏实稳重,任劳任怨地生活。六十到七十岁,人得到了狗的寿命,这十年,人便像狗一样,大事小情都放手给小辈人去做,自己只能待在家里,发挥狗看门的作用。最后七十往上,人类得到了鸡的岁数,这时的人基本没什么事情可以做了,只好每天起个大早,像鸡一样叫人起床。

制造笙簧

不少地区都有女娲制作笙簧的传说。相传,在天补好后,人世间一片安乐祥和,鸡狗猪牛等各司其职,各地人都辛勤劳作,互助友爱。尤其是一到了春季,人们乘着春光,外出游玩,适龄的男女彼此追逐,成百年好合之缘。

天下这一番景象,女娲娘娘看在眼里,喜在心头,她心想:人间终于太平了,我的努力没有白费。看孩子们快乐的样子,我心里真满足呀,高兴得我都快说不出来话了。那,假如人类也快乐到不能用语音来表达的时候怎么办呢?哦,可以试试欢快的音乐吗？我就再给人们创造一个表达欢快感情的乐器吧！

想到这里，女娲拿出来雷神送给她的葫芦，对着葫芦的嘴儿一吹，便发出了声音，这种乐器就叫作"笙"。后来女娲又去昆仑山找到了竹子，将竹子制成竹管，并在竹管内加上薄的竹叶片，这样竹管也能发出悦耳动听的声音了，这种乐器就叫作"簧"。女娲灵机一动，把竹管对着葫芦的嘴儿吹起来，没想到发出了前所未有的美妙声音，让人听得如痴如醉，女娲这才心满意足：对！这才是我想找的声音，这样美妙的声音才能表达难言的快乐呢！女娲亲手把这种乐器送给人类，并把它命名为"笙簧"。从此以后，人们也学会了制作笙簧，每每开心之极便以笙簧传情，这样，大地处处都有悦耳动人的曲调了。

开创农业

甘肃省天水市流传着伏羲女娲造福人类开创农业的传说。相传，伏羲具有攀天梯的本领，这天梯不是绳子，也不是梯子，而是一根叫作建木的树木。伏羲女娲想要改变人们生活困苦的状态，他们想到了上天去找天帝。伏羲来到天上后，天帝指示伏羲："想要解救天下人民，只需要做好两件事情，创造八卦和定制历法，一定要尽快在人间推广开。"伏羲回到民间就推演了八卦和历法，让人们的农业有据可循。而女娲呢，就让自己的五个孩子，变成五种谷物——高粱、谷子、水稻、糜子和荞麦。

另有一则传说,伏羲带领人们经常用手在河里抓鱼,惹得河中龙王不能安生,龙王在天帝那里诉说苦衷,天帝就警告伏羲不准许用手抓鱼了。伏羲虽然不能用手抓鱼了,但他每天都在想如何能让人们再打上鱼,有一天,他路过一个山洞,看到了正在结网的蜘蛛捕捉住了一只小虫子,很受启发,发明了形似蜘蛛网的渔网,教会人们渔猎,人们又可以每天打到河里的鱼了。

神鸟鹦哥

甘肃清水县有一座鹦哥寺,传说鹦哥寺的来历就与伏羲女娲有关。相传,女娲用黄土创造出的第一个男孩叫阿哥,第一个女孩叫鹦儿,他们按照女娲的指示成亲后,日子过得恬淡幸福。可是,人有旦夕祸福,二人死于一场突发的大灾难,尽管没能生育后代,但阿哥和鹦儿心中始终感激着女娲赋予他们生命,于是就化作了鹦哥鸟,女娲走到哪里,这两只鸟儿就跟到哪里,女娲需要帮忙,它们就上前帮忙,很快,人间又恢复了往日的安静平和。终于有一天,女娲觉得累了,她在鹦哥鸟的引导下来到了一处安静美丽的白石边,女娲边听着万物生长的声音,边慢慢地合上了眼睛,离开人世。鹦哥鸟衔来一根一根的芦草为女娲做最后的告别。后来,人们为了纪念这对鸟儿的功德,就建起了这座鹦哥寺。

二

民俗与信仰

悠悠千载，思接远古，丰富多彩的神话传说令人神往，勇敢善良的初祖让人敬仰。轻轻掀起"传说"的盖头，呈现在你眼前的不止有美丽的外表，更有其背后深刻的蕴含。这，就是伏羲女娲的厚生爱民；这，就是伏羲女娲的初创之功；这，亦是民众对初祖的无上信仰。伏羲、女娲寄寓着人们怎样的民俗信仰呢？后世民间又进行着怎样的信仰活动呢？

（一）伏羲女娲民俗信仰

民俗信仰，又称民间信仰，是长期的历史发展过程中，在民众中自发产生的一套神灵崇拜观念、行为和相应的仪式制度。①

在民众口中，伏羲被称为"人祖爷"，女娲被称作"人祖奶奶"，历史典籍、古老传说以及民间庙会活动都显现着民众对伏羲女娲由来已久的信仰。时至今日，伏羲女娲信仰也与时俱进，呈现出不少的时代特征，在规范社会教化、增强区域认同等方面起着应有的作用。

创世神与英雄神

从后世对伏羲和女娲的称呼——人祖爷、人宗爷、人祖奶奶、圣母等称呼中，可以看出伏羲女娲在人们心中创世始祖的地位。

---

① 钟敬文：《民俗学概论》，上海文艺出版社，1999，第187页。

具体体现在民间传说中如：女娲炼五彩石修补苍天、斩断鳌足以立四极、杀死黑龙拯救冀州、用芦灰吸干地面积水使得上天周固，大地平衡，猛兽退去，鸷鸟回避，烈火熄灭，洪水疏泄，世界重现生机，民众恢复了生活秩序，这些无不体现出女娲作为人类的英雄而受人敬仰。而伏羲创世的信仰则源于创制了太极八卦，代表着宇宙自然的规律和人类社会的秩序，八卦符号也被认为是文字的起源，开创了源远流长的华夏文明。

始祖神

伏羲位列三皇五帝之首，是当之无愧的中华人文始祖；女娲炼石补天、抟土造人，是后世公认的大地之母，伏羲、女娲都被视为中华民族共同的祖先享受供奉。具体体现在民间传说中如：伏羲女娲成婚、女娲孕育繁衍人类、女娲抟土造人、女娲死后化生为人类等。传说女娲死后，她的一节肠子化作了十个神人，这十个神人名字就叫作女娲之肠，他们住在栗广之野。另有女娲可以化生万物的传说，更体现了人们对女娲始祖神的崇拜。

伏羲女娲被看作中华民族共同的祖先受到信仰，自古以来，无论是官方，还是民间都存在着不同规模的祭祀，人们将伏羲和女娲看作是自己的保护神，认为虔诚地祭祀就会获得祖先的护佑，使祖先显灵保护自己，实现个人的诉求。在后世的流传中，伏羲、女娲还被赋予为人治病、消灾等职能。

生育神

对人类来说，婚姻、生殖、繁衍一向都是神秘且无比重大的事件。伏羲画八卦、置嫁娶、与女娲成婚繁衍人类，女娲抟土造人等传说，尽管版本不同，但无不体现着人们对婚姻、生育之神的崇拜。

例如：伏羲画八卦，八卦图中讲究相生，尤其是阴阳共生，其中阴代表女性，阳代表男性，进而衍生出天地、父母、男女等观念。另有伏羲置嫁娶之礼，明确了夫妻成婚，才使得世间有了一夫一妻的对偶婚婚姻形式。二人通过正姓氏，规定近亲不得结婚，推动了族内婚向族外婚的发展，将人类文明往前推进了一步。总之，二人在制定婚姻礼仪制度和规定社会伦理秩序方面做出的贡献对后世影响深远。

发明神

伏羲女娲在繁衍人类后，就着手于如何使人类社会运作得更合理，让人们生活得更美好，于是一系列的相关发明创造应运而生。如传说中伏羲不仅创造了太极八卦，而且还教会人们用火（或是钻木取火，或是发现了雷电之火），用火来烹制食物；把绳子结成网，教会人们捕鱼、打猎等；发明冶炼之法，制作器皿；还发明了官制，更好地管理民众；发明了乐器，让人间有了美妙的乐曲；发明了天文历法，使得人民有了时间概念。

女娲发明了笙簧这一乐器，还有由炼石补天衍生出了后世琉璃业的信仰。琉璃业信仰主要流传在山西交城县覃村，这个村子因主要生产玻璃器皿而有"玻璃之乡"的美誉。

农神

伏羲名字中的"羲"一般被认为有太阳的含义，并且传说伏羲执掌东方，象征着春之神，所以对农作物生长非常重要。同时，伏羲还带领人们一起进行畜牧、养殖、捕鱼、农桑等，是后世公认的农神。

传说中女娲与水的密切关系也使得女娲作为农业神被信仰。比如传说天修补好以后，地上的洪水被疏导到了大海里，但是地面还是有不少地方存在积水，影响人们生产生活。女娲就用芦灰铺在地上，吸干水坑的积水，这就是为了让人们有田可种；另有传说女娲带领人们学会了农业水利来进行农业生产。故而人们常常祭祀伏羲、女娲，祈求天地平安、风调雨顺、五谷丰登、物阜民丰。

高禖之神

女娲被称为"高禖之神"，主要是负责人间嫁娶和生育。所谓"高禖之神","高"通"郊",因供于郊外而得名。"禖"则指今天所说的"媒人",但"高禖"不是普通的媒人,而是媒人之神,就是指负责人间婚姻和生育的媒神。相传,女娲创造人类后,想要让人类能够生生世世永恒存在,就请求上天让自己成为男女之间的媒人,沟通男女感情,教会男女婚姻,使其繁衍生息。

由于婚姻与生子是紧密相连的,所以,女娲由媒人之神身份又逐渐衍生出送子的含义,再加上女娲在人们信仰中本身就具有化生、创造的功能,无论是化生万物,还是创造人类,都展示着强大旺盛的生命力。因而人们崇拜女娲,后世建立了高禖庙对女娲进行供奉,甚至演变出后土之神,今天仍有很多求子的人都到高禖庙、女娲庙等场所去拜女娲娘娘,渴望受其荫庇,祈求如愿传宗接代。

（二）山西境内的民间信仰活动

山西境内的伏羲女娲信仰，历史悠久气氛浓厚，其中以洪洞县和吉县两地的信仰活动较为典型、集中，而万荣、交城以及潞城也有悠久的伏羲女娲信仰活动。

洪洞县侯村女娲庙会

洪洞境内现存关于伏羲、女娲的信仰场所，主要有：辛南村娲皇庙、侯村女娲庙、女娲陵、羲皇庙、玉皇庙以及规格不同的梳妆楼、娘娘庙等。据记载，唐宋以降，官方对洪洞女娲庙的祭祀就非常重视，民间对伏羲、女娲的祭拜也非常兴盛。

侯村女娲庙位于村子的北边，现在的庙宇已经不复当年的规模与建制，仅保存了三株古柏和宋元石碑，从《大宋新修女娲庙碑》《大元重修女娲庙碑》《赵城县志》以及《晋汾古建筑预查纪略》中，我们可以窥见庙宇遗风。虽然几经破坏与修建，这里仍是重要的女娲信仰场所。2000年民间自发组织重修女娲庙，使得延续千年的女娲庙会再度出现在人们的视野之内。

据当地人称，三月初十是女娲娘娘的生日，每年农历三月初十前后，侯村都会如期举行五天或者是七八天隆重的庙会，庙会期间有戏班唱对台戏，不同形式的文艺表演以及贸易交流，祈福还愿等，吸引了周边地区的人们参加庙会，以此纪念女娲，感念先祖功德。至今村中还有老人能够回忆起规模宏大、热闹至极的民国年间庙会：戏班唱戏、游商小贩、餐饮小吃、出售农具、骡马交易，生意之广，参与人数之多，辐射到附近的几个县，纪念女娲娘娘的同时，庙会在很大程度上影响着侯村的经济发展。

今天，侯村女娲庙会的一个重要主题仍是妇女求子。在洪洞当地就流行着"刨娃娃"的习俗，妇女①在女娲娘娘生日的当天，进庙烧香祈求娘娘送子，拜过之后便可以到女娲陵旁边的土堆中刨石块儿。挖到长长的石头代表娘娘送了儿子，圆圆的石头则代表娘娘送了女孩。挖到长石头的妇女，满心欢喜之余还要仔细地用黄表纸把它包住，像抱孩子般地把石头揣在怀里带回家中。在当地有个习俗，带着石头的人一路上必须沉默，任何情况都不得说话，直到将石头藏到家里的被褥下才能说话。由于传宗接代思想的影响，挖到圆石头的妇女则悲伤不已，不过，习俗中还是有

---

① 婆媳皆可，媳妇为自己求，婆婆为媳妇求子。

温情的一面。这些妇女可以在庙旁选择一个不太吵闹的地方，使劲地哭，目的是让娘娘从她的哭声中知道自己没有得来男孩，第二年还会继续再来求子。

求子习俗之外，还有还愿。庙会求子后的三年内，如果妇女怀孕生子，就代表求得孩子，这孩子便是女娲娘娘送来的，在洪洞当地还流行着得子后第二年到女娲庙还愿的习俗。还愿时间仍然是农历三月初十，形式没有严格的规定，根据妇女当初许愿而定。有的是请戏班为女娲娘娘唱戏，有的是做个布小孩或纸小孩，送回娘娘庙，还有的是蒸馍来供奉娘娘，表示感激之情。

此外，洪洞县还有女娲庙会当天"烧枷"的习俗，参与者主要是十二岁以下的孩童及其母亲。"枷"是三根谷秆组成的三角形，谷秆上缠着黄表纸。当地人传说，"枷"是女娲娘娘为了保护小孩子而专门创造的护身符，小孩子把枷戴在脖子上就不会被老鹰抓走了，在今天，枷也成了庙会上一道靓丽的风景线，更寄寓着长辈对孩子平安成长的期望。小孩脖子上带着枷对着女娲神像磕三个头后，由大人亲自烧枷，人们认为，经过这样的仪式，孩子就在女娲娘娘那里报上了名，会一直受神灵护佑，免受灾祸。

看啊，
春临大地，万物勃发，微风和煦，杨柳吐青。
三月初十，烧枷池畔，脖上戴枷，孩童磕头。
三通过后，大人烧枷。此何谓也？求平安也。

综上,烧香祭拜、求子还愿、烧枷祈福等习俗不断增强人们对女娲信仰的认同感;各种物品、牲畜、小吃等的买卖交流利于信息的互换,沟通着人们的感情;求神戏、敬神戏、还愿戏以及其他形式的娱乐活动都使人们日常难言的情感在庙会期间得以宣泄。总之,侯村女娲庙会已经形成了民俗信仰、经济贸易、文艺表演三位一体的传统活动,在增强民众对女娲精神的认同感、推动当地经济进步、调剂人们日常生活等方面起着重要作用。

吉县多样的信仰民俗

吉县,古称吉州,位于山西临汾市西南,境内以人祖山为中心形成了一系列伏羲、女娲信仰活动场所;在这里,掬一捧土都有伏羲、女娲的影子,人人张口即来的传说、代代相传的习俗使当地伏羲女娲的民俗信仰不断增强。

在吉县,伏羲和女娲被人们亲切地唤作"伏羲爷爷""女娲娘娘",二人成亲和女娲抟土造人的传说使当地一整年都沉浸在幸福美好的信仰民俗氛围中。例如:正月二十三放夜火、四月初八祭女娲、七月十五中元祭、十二月冬至吃饺子,以及日常生活中成亲要盖红盖头,舅舅来家坐上席,吃个枣堆盼贵子的讲究。

放夜火、祭女娲、冬至吃饺子都是纪念女娲娘娘而形成的习俗。

放夜火仪式主要由抱枕头跳火堆,滚箩筐,烤白馍等项目构成。是夜，人们在空旷地架起火堆，抱枕头跳火堆寓意日子如烈火般旺盛，充满希望；火势渐小后也有讲究，人们将关系融洽、和睦友爱的期待寄寓于箩筐，模拟伏羲女娲滚石磨的样子，盼望箩筐如愿滚到一起；话说天下无不散之筵席，吉县亦无不熄之夜火，夜火的熄灭也充满了温情的憧憬，人们满怀期待地把掰开的白馍放进残火的灰烬里烤黄，当地深信吃了正月二十三的烤黄馍，一年到头如龙似虎精气活，所以常常出现几人争相品尝烤黄馍的温馨场景。

农历四月初八，一般认为是佛祖释迦牟尼的降生之日，后来民间渐渐有了浴佛节。而在吉县，四月初八早已与女娲娘娘紧紧联系在一起，人们在这一天祭祀女娲，祭祀的主题仍是求子祈福。吉县民众深信，女娲抟土赋予人类生命，那么她在创生、护生等方面一定也有巨大的神力，于是，在四月初八这一天，当地的新婚夫妻和求子的妇女便携带着供奉来祭拜女娲，求子仪式在祭拜结束后，还会让妇女从佛像旁童子塑像的生殖器上抠下一点土，回家后冲水服下，认为这样有送子的功效，可以很快怀孕。

吉县与女娲信仰相关的习俗还有冬至日吃饺子，人们咬一口鲜美的饺子馅，不仅口齿留香，还要咬住今年不冻耳朵的期望。这习俗与女娲造人信仰有关，当地传说女娲造的黄土人原料是泥巴，所以一到冬天，天一冷了，脑袋上的耳朵就特别容易被冻掉，尤其是太阳直射点在地球最南端的冬至日，人们更是害怕冻掉耳朵。女娲知道这情况后，便教会泥人咬住一根从耳朵穿过去的细线，远古的泥人"咬线"演变为今天的冬至"咬馅"，不变的是民间对女娲功德不断深化的记忆。

现在的吉县地区也流行着农历七月十五祭祖先的习俗。据当地老人讲，在很久以前，七月十五时人们到伏羲庙里祭祀伏羲爷爷，一来感谢他保佑一方风调雨顺，二来祈求五谷丰登，三来希望伏羲爷爷赐福，求身体健康，没病没灾。目前，曾兴盛一时的伏羲庙会已不复存在，逐渐演变为祭祀家族祖先神灵。

显然，上述的信仰活动总是与特殊日子相关联，但伏羲、女娲信仰在吉县并非被束之高阁，而是已与当地的日常生活融为一体。如每当舅舅来到家里做客时，一定会让他坐在家中最尊贵的位置上，对舅舅的尊敬就源自于女娲以来的对女性延续生命的重视；又如，当地人还常吃一种名为"枣堆"的发酵面食，其形似磨盘，中间夹枣既暗合伏羲女娲生育人类，又取谐音"早"，寄托着每个家庭的殷殷祈子之愿。

万荣县后土祠庙会

女娲作为高禖之神被世人信仰，民间又从这一信仰中演变出后土之神。万荣县每年的农历三月十八都要举行隆重的后土祠古庙会，同时进行对后土娘娘的祭拜，感念后土娘娘为人间送子。

今天的后土祠庙会非常具有时代特征，除了模拟古代的祭礼仪式，还有村民还愿请来的戏班子，进行各种风俗活动，如：软槌锣鼓、威风锣鼓、万荣抬阁、民间婚俗花轿巡游等。又辅之以小吃、游玩、购物等功能，使得参加庙会的人们在祭祀祈福的同时也体验到精神与物质的共同满足。

交城覃村琉璃节和潞城娲皇宫庙会

每年的农历五月初九，吕梁市交城县覃村都要举办纪念女娲娘娘的琉璃节，女娲在这里被看作是琉璃匠人的始祖受到祭拜。当地传说，女娲是在与共工的交战中来到的覃村，共工逃到了当地的凤凰山，女娲就在这里把共工杀死，然后开始炼石补天的工程。在凤凰山里寻到五色石头炼制了四十九天后，终于把天给补结实了。于是，当地将女娲像供奉在关帝庙的偏殿中（后被拆毁），据说，在琉璃节当地的匠人们要用猪羊供奉女娲，还要请戏班唱戏。

近几年，长治市潞城魏家庄娲皇宫庙会祭祀在民间力量的组织下逐渐重新进入人们的视野。每年农历三月十五是女娲庙会，山东、河北、河南等地的商人、信众都要来此参加庙会。古时女娲庙建在山高路险的石门崖，给人们祭拜女娲娘娘造成了极大的不方便。而魏家庄（古称"旧楼地"）交通位置便利，人们来往方便，于是在明朝时就在魏家庄建立了娲皇宫，方便人民祭祀女娲娘娘。

(三)其他地区的民间信仰活动

伏羲、女娲是中华民族的共同初祖,全国不同地域、不同规制的伏羲女娲庙宇、陵墓等信仰场所数不胜数。例如:甘肃天水伏羲庙、中卫女娲庙,河南淮阳人祖庙、太昊陵、西华女娲城,河北涉县娲皇宫,成都女娲庙,陕西安康女娲庙、骊山人祖庙等。这些地方自古以来借助陵庙,形成了祭祀伏羲女娲的庙会活动,尤其是融入了贸易、娱乐、祭典等元素,使得伏羲女娲信仰更是绵延传承。其中,甘肃省、河南省以及河北省关于伏羲女娲的信仰活动在全国范围内都有较大影响。

甘肃省民间信仰活动

伏羲在甘肃被当地人尊称为"人宗爷",首先,我们从庙会祭祀、庙会习俗方面来了解当地与伏羲有关的信仰民俗。

秦州区西关路伏羲庙会是甘肃省天水市最为瞩目的伏羲

庙会。据记载，天水伏羲庙会的祭祀活动自明代延续至今已有五百多年历史，通过祭祀人祖伏羲，表达人们追求丰收、平安、富足的内心诉求。庙会以伏羲祭祀为主题，每年进行两次，第一次在农历正月十六庙会期间（或称春祭），传说正月十六是伏羲的生日，一般会期为正月初一至正月十六，主要由民间组织的力量来举办；第二次是大规模的秋祭大典，在农历七月十九，相传是伏羲逝世的日子，主要由政府策划、主持等。

春祭庙会虽始于正月初一，但人们在前一年腊月三十夜晚和新年正月初一之交的时候，就已经在庙会前做准备了，后来就渐渐形成了"坐夜"和"抢头香"的习俗。"坐夜"是指当地民众在前一天，也就是腊月三十的夜晚便到伏羲庙守着，等着凌晨的新年钟声敲响。而"抢头香"是指一听到钟声后，人们都争先抢着在伏羲庙里烧新年的第一炷香，当地人认为头香的能量巨大，可以求得伏羲爷爷保佑，让自己在新的一年顺风顺水。烧香磕头的习俗持续于整个庙会期间，而来庙参拜伏羲塑像的信众更是数不胜数。

因为当地人认为正月十六是伏羲生辰，所以将这一天定为春祭庙会的正日子，每年都举行隆重的伏羲祭典，从凌晨零点一直持续到夜晚才结束。这一天，祭拜伏羲的人潮有两次达到峰值，一是零点炮声响，宣读祭文毕，人们抢着到大殿祭拜伏羲，之后还可以分得水果等祭品，期待得到伏羲的庇护。第二次人潮来临则是天刚刚亮时，这时伏羲塑像已被请到大殿外，塑像前供奉着各类供品，受人祭拜。

伏羲庙会还有灸百病的习俗，可以为自己灸病，也可以是帮亲朋好友。具体是指，人们买一些纸人，在神像前恭恭敬敬地叩拜之后，把这些纸人（有性别之分，按所代表的人的性别制作或购买）用糨糊贴到柏树上，自己（或亲友）哪个部位不舒服就把艾草贴在纸人的相应部位，用香头把艾草烧至黑色，或者直接用香头烧也可以，人们认为这样有驱除疾病的神奇功效。那么，纸人是什么样子的呢？伏羲庙内那么多柏树，贴纸人的柏树有没有讲究呢？确实，纸人形态各不相同，其中戴冠娃娃、坐凳娃娃表示男性，束发娃娃、大肚娃娃、长角娃娃等表示女性。而柏树呢，按照六十甲子的顺序排列，每年只选出一棵柏树挂上红灯笼，表示它是今年治病的使者，但实际庙会中，人们偏好于在粗壮、接近中轴线的柏树贴纸人，一来是距离正殿近，来往比较方便，二来是人们相信粗壮的树木生命力更强，治病驱疾的功效也随着变强，三来可能是从众心理的影响，人们看哪棵树贴的纸人多便都倾向于去那棵树灸病。

秋祭庙会的伏羲祭典沿袭明代以来的祭祀习俗，规制严格，有完整的流程，仪式准备与仪式内容都非常讲究。祭典一般包括击鼓鸣炮的礼乐、叩拜、三献礼、读祭文、焚烧祭文等仪式。祭祀人由主祭人、陪祭人和助祭人构成，三献礼是规格最高的祭祀，包括有瓜果、牛羊、酒肉、米饭等供品，祭文主要叙说伏羲的功德以及后人对伏羲的敬仰纪念之情。典礼仪式结束后，人们不仅可以领到供品，还可以进入先天殿内亲自祭拜伏羲像，表达恭敬崇拜之情。

其次，关于女娲的信仰习俗活动。甘肃较为著名的女娲庙位于天水秦安陇城娲皇村。每年的农历正月初一至十五举行女娲庙会，庙会期间，人们烧香、上供，还要为女娲娘娘请大戏班唱戏、表演社火、买卖日常用品等，祈求女娲娘娘保佑新的一年风调雨顺，平安吉祥。当地的女娲庙会有"领会""吃会"的习俗，这里的"会"指的是一种由食用油、鸡蛋和面粉制成的面食——馓子，祭祀过女娲后的馓子就被称为"会"。每年的正月，会长都会集合会做馓子的人制作馓子，而馓子原料的钱则由附近村庄的人们筹集，一般是按人头收费。制作馓子时人们不可以偷吃，相传，如果偷吃馓子会遭到神灵的惩罚。在正月十五这一天馓子被分装成小把，祭拜过女娲后，人们掏钱买馓子就是所谓的"领会"，吃馓子则为"吃会"。在正会的这一天，二元钱就可以买一把馓子，而且可以在功德簿上登记上"领会"人的名字。有时，人们也会把馓子带到家里分给家人一起吃，人们相信吃了祭祀过女娲娘娘的馓子就可以消除疾病，而且还能得到娘娘分来的福气。

经过官方祭祀、民间祭拜、习俗相传等形式的信仰活动，甘肃地区的伏羲、女娲信仰逐渐加深，日渐成为联系人们认同感的强有力的纽带。

河南省民间信仰活动

河南地区的人们将伏羲称为"人祖爷",传说人祖爷的陵庙位于河南淮阳城北,在今天的淮阳县北边的蔡北河岸,人称"天下第一陵",据说这里是伏羲葬身之处,祭祀的人们如果将自己的土捧来加到陵墓上,可保家人心想事成。在民国时期有一则关于太昊陵的传说:有一位富商得了顽症久治不愈,看了许多医生,都认为无药可救,家人非常哀伤,以为只有死路一条了。这时,来了一位老人家,自称自己可以治疗富商的疾病,于是给富商吃了药,果然药到病除。富商为了感谢老人家的再造之恩,询问老人家是哪里人,这位老人回答说是自己家在淮阳,住在北边。后来,这位富商寻遍了整个淮阳城,都找不到这位老人家,正在灰心之余,看到了太昊陵内的一尊塑像与那位老人家长得一般无二,这才明白是人祖爷显灵救了自己一命。据庙内碑文记载,伏羲被祭祀主要是因为能够主宰生育、掌管世间万物、厚德为人以及禳除灾难等。

河南淮阳的太昊陵庙会,古称"二月会",是全国少有的大型庙会之一,其持续时间之长,影响范围之广,吸引人数之多,祭祀规模之盛在国内几乎无有比肩者。庙会开始于每年的农历二月初二,到三月初三结束,除河南省外,还涉及周边如山西、山东、安徽等省,据统计,在庙会最盛时一天祭拜人数超过八十万,人们自发地瞻仰伏羲圣像、缅怀先祖、烧香献供、祈求人祖爷赐福保佑。

庙会期间一项极为神圣的活动就是请伏羲神像。人们或因敬仰心切，一次祭祀不足以表达心意，或因日常事务繁杂，不能一时诉说完自己的祈求，或因渴求人祖爷时时相伴，总希望能够把伏羲圣像请到家里，以便时常供奉。请伏羲像的讲究是必须在伏羲陵庙会期间请，而且要就近在太昊陵附近的商铺购买，同时在请神圣像时主人一定要心怀虔诚，嘴里默默祷告，承诺好好供奉伏羲，不会亏待人祖爷，这样的仪式方有灵验的效果。

太昊伏羲陵庙会的仪式比较典型的还有"徒步朝圣""守宫""担经挑"和请伏羲像、摸子孙窑、拴娃娃等习俗。

"徒步朝圣"是指每年在庙会开始前，来自不同地方的人们携带着饭食、香烛和黄表纸等一步一步朝太昊伏羲陵走来，期间不借助任何交通工具。据参会人回忆，年轻时一走就是四五天，见到人祖的愿望太强烈，根本顾不得旅程的困顿与劳累。

"守宫"习俗则是指信众坚持在庙会期间每天早中晚三次拜谒伏羲圣像，跟人祖爷诉说自己的愿望，有的信众对伏羲信仰极其强烈，于是就近到居民家中住宿，便于第二天继续祭拜，住宿男女不分屋，大多为大通铺，而且收费极低，每晚1元或2元，白天去陵墓朝拜，晚上和衣而眠。守宫时间短则五六天，长则一到三个月都有，这些信众相信以如此虔诚的方式表达内心的祈求会让人祖爷听到并帮助实现自己的愿望。

"担经挑"是一种舞蹈表演，具有娱神性质，表演者以妇女为主，一般是四个人组成一组，其中一人用竹板伴奏并领唱，其领唱内容以赞扬伏羲女娲的功德为主,兼有动植物故事、劝人向善故事等,这些唱词都被称作"佛"。其余三人担经挑,一路变换队形,有时是"龙摆尾形",有时是"蛇蜕皮形",还有时是"8"字形等等,不一而足,将经担挑至伏羲庙陵墓前,祭拜过后便开始舞蹈表演,当地人认为跳舞跳到精疲力尽才能让伏羲先祖感受到自己崇拜敬仰的虔诚。在担经挑仪式中,歌者、舞者、圣者莫名地联结在一起,对人们的心灵、思想、精神进行着无声的净化与荡涤。

关于"担经挑",当地流传着不少故事传说。有的传说经挑是女娲造人用过的篮子——相传女娲在捏好泥人后还需要一道工序,那就是晒太阳,许多泥人正沐浴着阳光,眼看就要晾干时,突然天降瓢泼大雨,女娲凭一人之力难以应对如此大雨,一时确实来不及收拾妥当,便想了个办法,那就是把泥人都盛放到篮子里,然后用担子把他们挑回自己的房子躲避风雨的侵袭,那装过泥人的篮子就是今天担经挑舞蹈里用的花篮。另有担经挑救女娲的传说:当女娲创造了人类后,天下到处生机勃勃,大地一片繁荣。有一天,掌管天庭的天帝无意中得知了女娲造人的事情,非常生气,认为女娲违背了天条,必须要严厉惩治。于是就把女娲流放到阴森恐怖的恶狗庄。女娲的女儿听说母亲被惩治,到了那恐怖的恶狗庄,思母心切的女儿想尽办法想要救回母亲。最终她造出了龙凤花篮,千里迢迢奔赴恶狗庄,一路上饿了顾不得吃饭,渴了也顾不上喝水,一心只想救母亲回来。皇天不负苦心人,经过一连串的斗争，最终女儿用自己编织的花篮把女娲从恶狗庄救了出来，这龙凤花篮就演变为后来庙会上的"担经挑"。不难看出，这"担经挑"不仅蕴含着人们对女娲掌管生殖生育的崇拜，还蕴含着中华民族传统的孝亲、不畏艰险、不向恶势力低头等美德。

摸子孙窑和拴娃娃都是在显仁大殿进行，这座大殿中供奉着女娲娘娘。里面的"子孙窑"实际上是石制圆孔，象征着女阴，人们认为子孙窑主管生殖，触摸子孙窑可以有助生子，而且生出的孩子聪明智慧，身体康健。这石孔表面已经光滑发亮，据说，这石孔已被磨穿好多次，可见人们求子之心的热切。另有拴娃娃习俗，参与者主要是中年妇女，她们用红绳将摆在神像前的泥娃娃套住，然后烧香礼拜，承诺三年内得子将来此还愿，然后由道士主持，妇女将娃娃搂在怀中，嘴里轻声唤小孩的名字，走到大门外方可停止。如三年内妇女怀孕得子，一定要来庙里来还愿。

太昊伏羲陵庙会上吸引人的还有泥泥狗和菁草等，都蕴含着民众深厚的伏羲女娲信仰。

传说，在用黄土创造了人类之后，女娲发现还有一些多余的边角料，于是就把这些小泥点有的捏成小狗的样子，有的捏成小鸡的样子，一并给了人间，这就是泥泥狗的前身。实际上，泥泥狗是太昊伏羲庙会独有的一种传统手工艺品，当地人认为它是在人间看守伏羲陵墓的神狗，所以又把它们叫作"陵狗"。泥泥狗的主要生产地就在淮阳太昊陵附近的几个村庄，它是以松软的泥土为原材料，将其用手制成不同的形态，有人脸和猴的结合，有人脸和鱼的结合，还有两个头的泥泥狗等两百余种形态，但其全身的底色全用黑色，而身上或面部绘以各色花纹，主要有五种颜色：白色、红色、黄色、青色和粉红色。自古以来泥泥狗就在民众中间有很强的生命力，所以在庙会流传广远历久不衰，现在的泥泥狗在人们眼里仍然是具有很强神力的，它不仅可以保卫伏羲的庙宇陵墓不受侵犯，还可以为人们驱除疾病、消免灾难，而且除了泥泥狗本身的灵力外，其装饰的颜色也蕴含着浓厚的生殖崇拜色彩，这些神力深深地感染着每一位来参加庙会的民众，不管来自东南西北哪个方向，只要来了就会购买几个泥泥狗带回家。另外，淮阳泥泥狗在2014年还被列入了国家非遗名录，可见，今天的淮阳泥泥狗已经不仅仅是伏羲庙会的主角，还渐渐走出河南，走向世界，将伏羲女娲信仰带向全国乃至全球，不愧为"天下第一狗"。

自古人们对蓍草的信仰亦绵延不绝。蓍草本是古代占卦时所用的一种植物，传说中蓍草在植物界的长寿地位就像乌龟在动物界的长寿地位一样高，因其寿命之长，故在人们眼里它就具有了预知未来的功能，所以常常与龟甲一起用于占卜。当地就有伏羲揲草画卦的传说：相传，伏羲用蓍草模拟六爻，经过苦苦思索，摆出了八卦的图形，又受到乌龟壳上花纹的启发，最终研究出了伏羲八卦，造福人类。太昊陵周围就生长着许多蓍草，尤其陵墓后的蓍草园还形成了"蓍草春荣"的景象，当地人认为蓍草代表着伏羲画卦的神秘力量，蕴含着伏羲的灵力，因而对小小蓍草追崇至今。

河北省民间信仰活动

河北涉县的女娲信仰与岁时节日联系紧密,除去每年农历三月十五的女娲诞辰的庙会外,人们还常在过年、元宵节、五月初五、七月初七、八月十五等日子到娲皇庙祭祀女娲,由此形成了关于女娲信仰的相关习俗。

首先,有与女娲补天相关的习俗。其一为旱天祈雨习俗,每到天逢干旱,不降一滴雨时,人们就集合起来,走到女娲炼石补天的地方,焚香鸣锣,献上供品,祈求女娲娘娘喜降甘霖。其二为天穿节习俗,涉县流传着在每年第一个月的农历十六、二十三和二月初二龙抬头的时候吃茶饭的习俗。相传,从农历正月二十三开始,是女娲正式开始补天的日子,由于天上的窟窿实在太大了,女娲一直补了三百七十五天,也就是到了来年的二月初二这一天才把天补好了,而女娲炼五彩石也不是轻松的,是从正月十六开始炼,一下炼了七天。由此,当地人通过吃炒米饭拌面条,也就是茶饭,来纪念女娲补天的劳苦功高,已经成亲的女儿也要给娘家送油糕。

其次,求子习俗。主要是拴娃娃和开锁仪式,拴娃娃的基本程序与山西吉县类似,在此不赘述,只是河北涉县的还愿方式很有特色。如果拴娃娃的妇女生了孩子就一定要到娲皇宫里来还愿,若是妇女求得了男孩,就要再买两个娃娃,连同当时从庙里求来的娃娃一起送回娘娘身边,反之,若得了女孩子,则只需要买一个娃娃。当然,不是所有人都能求子成功,假如没有求得孩子,妇女也要把之前从庙里带出来的娃娃送回去。开锁仪式的"锁"是大人为刚出生的孩子在娲皇宫里求来的红绳,人们认为娘娘赐的红绳可以锁住孩子的生命,保护孩子不受妖魔鬼怪的伤害,而开锁则是孩子满了12岁以后,在娲皇宫进行的仪式,寓意着孩子已经度过了人生中最初的阶段,开始走向成年。

再次,成亲习俗。因传说中伏羲女娲在问了天意成婚时两人害羞,伏羲就把灰抹在脸上,女娲拿着扇面把脸挡住,演变到今天的新婚习俗是结婚当天新郎用锅黑等把脸抹黑,而新娘子则要戴上红盖头。

第四,女娲祭典仪式。每年农历三月初一,涉县的女娲祭典和娲皇宫庙会如期举行,会期一般为十五天,这是因为传说中女娲娘娘诞生于农历的三月十五日。据记载,涉县娲皇宫信仰活动存在已逾千年,无论官方还是民间都非常重视对女娲的祭祀,官方祭祀规格明确,仪式严谨。在当代社会,女娲公祭得到了政府支持,已经于2003年恢复。而民间祭祀,参与人多,自发性强,规模盛大。庙会期间的民间祭祀主要为朝顶仪式,只有七原社、曲峧社等七大社可以上顶朝拜女娲娘娘,参与人则来自周边各村社,主要活动包括接回女娲神像、唱戏娱神、供奉供品等活动。接回圣像时沿途村民一律跪拜迎接,同时奉上供品,感谢女娲娘娘这一年来的保佑,朝顶活动中负责供品的人每年轮换。另外当地每逢初一、十五到娲皇庙里祭祀女娲的习俗仍绵延不绝。

最后,娲皇宫庙会习俗。娲皇宫庙会主要包含进香、唱戏、求子、求财、祈福、还愿等习俗,比如不少信众在二月最后一天的夜晚就聚集到娲皇庙前,等待凌晨钟声响起后抢着烧头香,认为这样可以获得女娲娘娘的保佑,一年到头都求财得财,求福得福。再如还愿习俗也较为普遍。如果妇女在娲皇宫求子后得了小孩,便要到娲皇宫还愿,她们会在山道把谷种撒下去,寓意孩子一出生落地就受到女娲的照拂,能够健康长大。撒谷种还有一种说法是人们把谷种这一农产品作为生日礼物送给娲皇,代表了对娲皇绵绵不断的感激之情。除此之外,人们的辟邪心理与女娲信仰相融合还出现了这样的一幕:涉县娲皇宫庙会期间,四方来祭拜的民众身上、手上都会带有红布条,不少人还将红布条系在娲皇宫前的树上求平安吉祥。到了晚上,涉县庙会还有很多不愿离去的人,他们有的围坐一起,有的三五成群站立着,只见他们一手持扇鼓,一手执鞭,边唱边舞为娲皇守夜来表达对女娲的尊敬与纪念,人们认为这样可以驱除灾祸、邪气,迎来吉祥安康。一场场舞蹈中,民众的心理情感得到宣泄,民族的共同信仰得以凝聚。

陕西、江苏民间信仰活动

传说中女娲在补天后还治理了人间的大水,尤其是用芦灰来消除积水,为人们的农业生产创造了条件,由此,女娲信仰中还衍生出祈晴的信仰。祈晴信仰由来已久,早在汉朝时就已有人们祭祀女娲求天晴的习俗活动，而这种祈晴习俗一直流传至今。比如，陕西省的一些地区，当遇到连绵不断的雨时，当地的女性就会用剪纸制作扫晴娃娃、扫晴媳妇来进行祈晴仪式；这扫晴娃娃性别为女，手执扫帚，扫晴媳妇则骑着一匹马，手中拿着扫帚，另一只手中拿着象征"芦灰"的灶灰。不过在该仪式中，扫晴娃娃和扫晴媳妇手中的扫帚则为扫天用，祈求可以把淫雨扫干净，灶灰表示可以把积水给吸干，以此来表达人们渴望淫雨速去的愿望。此外，在江苏省还有剪扫晴娘的习俗，扫晴娘的主要元素也有扫帚。这里的人们在大雨天剪好扫晴娘之后就用线倒挂穿起来；当地人认为把扫晴娘倒挂在房檐下或者走廊下面都可以让她手中的扫帚去扫那持续不断的雨水，就这样，直到下一次天晴之时，便是祈晴的扫晴娘剪纸被烧之日。这样历史悠久的习俗无一不与女娲补天等传说密切相关，无一不寄寓着人们渴望通过古老的仪式与女娲沟通的心理诉求。

综上，山西洪洞与吉县、甘肃天水、河南淮阳、河北涉县等地的伏羲女娲信仰悠久而普遍，浓厚而热烈，其场面之壮观，其参与度之高，均可以想见。庙会、祭典、日常习俗等相关民间信仰活动一次次的演绎，使得人们在这些民间信仰活动中得到精神与心灵的慰藉，找到灵魂的栖身之所，使得当地的伏羲女娲信仰不断加深，使得人们对伏羲女娲的崇拜敬仰之情持续增长，进而有助于地域内群体共同价值观的形成，有助于人们对中华民族传统美德认同感的增进。

三

文献与古迹

（一）文献资料

诗词歌赋中的伏羲女娲

不少诗词歌赋中都有伏羲女娲的身影，其内容主要为对二人功德的歌颂。如对创始八卦、龙图腾、确立官制、研究天与地、烹饪食物以及制作渔网、研究历法等功绩的赞颂。建安文学的代表人物曹植作《伏羲赞》，其中这样写道："木德风姓，八卦创焉；龙瑞名官，法地象天。庖厨祭祀，罟网渔畋。瑟以象时，惟德通玄。"西晋文学家挚虞也以《伏羲赞》为题作诗："昔在上古，怀德居位。庖牺作王，世尚醇懿。设卦分象，开物纪类。设网施罟，人用不匮。""皇羲古神圣，妙契一俯仰。不待窥马图，人文已宣朗。"（宋·朱熹《感兴诗》）

同时，关于女娲功绩，诗歌中记载最多的是炼石补天、抟土造人、制作笙簧。其一，女娲补天：北宋文学家黄庭坚在《了观师绣观音赞》中提到了女娲补天的场景："知落处，女娲补天夜夜雨。"同为北宋文学家的苏轼作《江州五咏·浪井》:"谁为女娲手,补此天地裂。"明代亦有两位诗人徐祯卿和张岱分别在《平陵东行》和《玛瑙寺长鸣钟》中对女娲补天进行了记载,诗中这样写道:"共工触天补女娲,后羿射之摧九乌。""女娲炼石如炼铜,铸出梵王千斛钟。"其二,女娲抟土造人诗歌有:唐代文学家皮日休的《偶书》中记载:"女娲掉绳索,缒泥成下人。至今顽愚者,生如土偶身。"宋代文学的开拓者和奠基者田锡在《拟古》中写道:"天风吹雨来,黄土为柔埴。一经女娲手,蹶然含性识。"黄土本为黄土,但经过女娲之手黄土也有了性别等意识。潘牥《相士》中将女娲造人的形态也作了记载:"女娲抟土费工夫,个个生来个个粗。"其三,女娲断鳌足传说记载:"女娲断鳌足,轩辕殛蚩尤。"(宋·李复《杂诗》),明代管讷作《墨窗为越人赵捻谦赋》记载女娲断鳌足的传说:"女娲立极断鳌足,羲画之先无刻木。"其四,制作笙簧的诗歌记载,宋代有两位诗人张镃和陈宓分别在《杨伯子过访翌日以两诗见贻因次韵答》和《和李艮翁延平山泉韵》中对制作笙簧作了如下记载:"空成由也瑟,难应女娲簧。""笛从王晋弄,笙是女娲编。"最后,还有对女娲陵墓的记载,由女娲墓的高大,气势森严,联想到女娲的补天圣功,不禁在内心油然升起敬仰崇拜之情,怀着这样的心情祭拜神像:明代徐贲在《晋冀纪行》中记载了拜谒神像的经过:"空山两高冢,娲皇此中葬。焦土积层巘,势助殿阁壮。大哉补天手,功出千古上。至今炼余石,火气夜犹放。轰雷常被护,烈风日掀荡。阴林惨可畏，怪木高数丈。百鸟飞绕枝，欲止不敢向。地灵气所钟，祭祷土人仰。经过谒祠下，幸获拜神像。"此外，后人所作《女娲赞》等诗赋除了歌颂女娲功绩，还记载了女娲人首蛇身形象及上古国君的地位：王延寿《鲁灵光殿赋》中就将女娲的形象进行了记载："上纪开辟，遂古之初，五龙比翼，人皇九头；伏羲鳞身，女娲蛇躯。"曹植《女娲赞》中对女娲的功绩进行了称颂，原文如下："古之国君，造簧作笙。礼物未就，轩辕篡成。或云二皇，人首蛇形。神化七十，何德之灵！"

历史文献中的伏羲女娲

历代文献中对伏羲女娲的出生、名号、形象、功绩、习俗、祭祀及遗迹等有不少记载。

出生

关于二人出生、出生地传说记载的有：

"太昊帝庖牺氏，风姓也。母曰华胥，燧人之世，有巨人迹，出于雷泽。华胥以足履之有娠，生伏牺，长于成纪。蛇身人首，有圣德，燧人氏后，庖牺氏代之，继天而王，首德于木。百王为先。"[①]（《帝王世纪》）

[①] 皇甫谧：《帝王世纪》，辽宁教育出版社，1997，第2~3页。

"(庖牺)所都之国,有华胥之州。神母游其上,有青虹绕其母,久而方灭,即觉有娠,历十二年而生庖牺。"①(《拾遗记》)

"大迹出雷泽,华胥履之,生伏牺。"②(《太平御览》卷七八引《诗含神雾》)

"仇夷山,四绝孤立,太昊之治,伏羲生处。"③(《太平御览》卷七八引《遁甲开山图》)

"帝女游于华胥之渊,感蛇而孕,十三年生庖牺。"④(《路史·后纪一》罗苹注引《宝椟记》)

"伏羲生成起(纪),徙治陈仓。"⑤(《路史·后纪一》罗苹注引《遁甲开山图》)

"华胥生男子为伏羲,女子为女娲。"⑥(清·梁玉绳《汉书人表考》卷二引《春秋世谱》)

名号

关于伏羲、女娲名号的记载。有的称伏羲为"大皞",有的说伏羲因制作捕鱼的网,使人民有鱼肉而得名"炮牺氏",有的称伏羲之名为"庖牺氏""牺皇"的谬音,还有的说伏羲又叫作

---

① 王嘉撰《拾遗记》,萧绮录,齐治平校注,中华书局,1988,第1页。
② 李昉撰《太平御览》,孙雍长、熊毓兰校点,河北教育出版社,1994,第671页。
③ 同上。
④ 罗泌纂《路史·后纪一》,罗苹注,乔可传校,中华书局,1936,第59页。
⑤ 同上。
⑥ 梁玉绳:《汉书人表考》卷二,中华书局,1985,第36页。

庖牺、伏牺、宓牺：

"其帝大皞，其神句芒。"① (《礼记·月令》)

"太昊……天下号曰炮牺氏。"② (《汉书新注（二）》)

"取牺牲以充庖厨，以食天下，故号曰庖牺氏，是为牺皇，后世音谬，故谓之伏牺，或谓之虑牺，一号雄皇氏。"③ (《帝王世纪》)

"庖者包也。言包含万象，以牺牲登荐于神，民服其圣，故曰庖牺，亦谓伏牺，变混沌之质，文宓其教，故曰宓牺。"④ (《拾遗记》)

"女娲氏，亦风姓也。……一号女希。"⑤ (《帝王世纪》)

"女娲，伏希之妹。"⑥ (《路史·后记二》罗苹注引《风俗通》)

形象

关于伏羲、女娲形象的记载颇多，伏羲形象主要有身高不同凡人，眼睛大，视力极好，人面蛇身或龙身、牛身等，女娲形象主要突出善于变化，人首蛇身，如：

---

① 李学勤主编《十三经注疏·礼记正义》，《十三经注疏》整理委员会整理，北京大学出版社，1999，第445页。
② 施丁主编《汉书新注（二）》，三秦出版社，1994，第709页。
③ 皇甫谧：《帝王世纪》，辽宁教育出版社，1997，第2页。
④ 王嘉撰《拾遗记》第一卷，萧绮录，齐治平校注，中华书局，1988，第1页。
⑤ 皇甫谧：《帝王世纪》，辽宁教育出版社，1997，第3页。
⑥ 罗泌纂《路史·后纪二》，罗苹注，乔可传校，中华书局，1936，第65页。

"有神十人,名曰女娲之肠,化为神,处栗广之野,横道而处。"[1]
(《山海经·大荒西经》)

"庖牺氏、女娲氏……蛇身人面,牛首虎鼻;此有非人之状,而有大圣之德。"[2](《列子·黄帝第二》)

"皇帝生阴阳,上骈生耳目,桑林生臂手:此女娲所以七十化也。"[3](《淮南子·说林篇》)

"春皇……长头修目,龟齿龙唇,眉有白毫,须垂委地。"[4](《拾遗记》卷一)

"伏牺氏,日角、衡、连珠。"[5](《太平御览》引《孝经援神契》)

"伏羲人头蛇身,以十月四日人定时生。"[6](《太平御览》引《帝系谱》)

"帝女娲氏……亦蛇身人首。"[7](《帝王世纪》)

"《玄中记》云:'伏羲龙身。'《灵光赋》乃云'麟身'。《文子》云'蛇身麟首有圣德'。故《周燮传》注云'麟身牛首',非也。《补

---

[1] 袁珂校注《山海经校注》,巴蜀书社,1992,第445页。
[2] 列子:《列子》,中华书局,1997,第20页。
[3] 刘安:《淮南子》,高诱注,上海古籍出版社,1989,第185页。
[4] 王嘉撰《拾遗记》,萧绮录,齐治平校注,中华书局,1988,第1页。
[5] 李昉撰《太平御览》第一卷,孙雍长、熊毓兰校点,河北教育出版社,1994,第671页。
[6] 李昉撰《太平御览》第一卷,孙雍长、熊毓兰校点,河北教育出版社,1994,第671页。
[7] 皇甫谧:《帝王世纪》,辽宁教育出版社,1997,第3页。

史记》《世纪》《帝系》皆云'蛇身牛首'。"①(《路史·后纪一》罗苹注)

"伏牺大目、山准、日角、衡而连珠。"②(《路史·后纪一》罗苹注引《孝经援神契》)

"女皇氏……蛇身牛首宣发。"③(《路史·后纪一》罗苹注引)

功绩

关于伏羲女娲功绩是历代文献中记载最繁盛的内容,在此分为生育婚姻类功绩(包含成婚、嫁娶等)、创世始祖类功绩、文化发明创造类功绩、农业医药发明创造类功绩四方面来叙述。

第一,关于二人成婚、婚姻、生育的记载有:

"昔宇宙初开之时,只有女娲兄妹二人,在昆仑山,而天下未有人民。议以为夫妻,又自羞耻。兄即与妹上昆仑山,咒曰:'天若遣我兄妹二人为夫妻,而烟悉合,若不,使烟散'。于烟即合,其妹即来就兄。"④(唐·李冗《独异志》卷下)

"伏羲、女娲,人民尽死,兄妹二人……见天下荒乱,唯金岗天神,教言可行阴阳,遂相羞耻。即入昆仑山藏身。伏羲在左巡行,

---

① 罗泌纂《路史·后纪一》,罗苹注,乔可传校,中华书局,1936,第59页。
② 同上。
③ 罗泌纂《路史·后纪一》,罗苹注,乔可传校,中华书局,1936,第65页。
④ 李冗撰《独异志·卷下》,中华书局,1983,第79页。

女娲在右巡行。挈许相逢，则为夫妇。天遣和合、亦尔相知。伏羲用树叶覆面，女娲用芦花遮面，遂为夫妇。"①(《敦煌宝藏》)"伏羲制嫁娶，以俪皮为礼。"②(《路史·后纪一》罗苹注引《古史考》)

"女娲祷祠神，祈而为女媒，因置昏姻。"③(《路史·后纪二》罗苹注引《风俗通》)

"女娲本是伏羲妇。"(《全唐诗》卷三八八卢仝《与马异结交》)

第二，创世始祖类功绩记载的多是女娲补天、勇斗黑龙、斩鳌足、抟土造人等。如：

"往古之时，四极废，九州裂。天不兼覆，地不周载。火爁焱而不灭，水浩洋而不息。猛兽食颛民，鸷鸟攫老弱。于是女娲炼五色石以补苍天，断鳌足以立四极，杀黑龙以济冀州，积芦灰以止淫水。"④(《淮南子·览冥篇》)

"昔者女娲氏炼五色石以补其阙；断鳌之足以立四极。其后共工氏与颛顼争为帝，怒而触不周之山，折天柱，绝地维，故天倾西北，日月星辰就焉；地不满东南，故百川水潦归焉。"⑤(《列

---

① 黄永武：《敦煌宝藏》，新文丰出版公司，1986，第4061号。
② 罗泌纂《路史·后纪一》，罗苹注，乔可传校，中华书局，1936，第60页。
③ 罗泌纂《路史·后纪二》，罗苹注，乔可传校，中华书局，1936，第65页。
④ 刘安：《淮南子》，高诱注，上海古籍出版社，1989，第65页。
⑤ 列子：《列子》，张湛注、卢重玄解、殷敬顺、陈景元释文，陈明校点，上海古籍出版社，2014年，第129页。

子·汤问第五》）

"共工与颛顼争为天子，不胜，怒而触不周之山，使天地折，地维绝。女娲销炼五色石以补苍天，断鳌足以立四极。"①（《失落的天书》）

"女娲……恐天怒，捣炼五色石，引日月之针、五星之缕把天补。"（《全唐诗》卷三八八卢仝《与马异结交》）

"共公触不周山，折天柱，绝地维。女娲补天，射十日。"②（《路史·发挥一》罗苹注引《尹子·盘古篇》）

"俗说天地开辟，未有人民。女娲抟黄土作人。剧务，力不暇供，乃引绳于絙泥中，举以为人。故富贵贤知者，黄土人也；贫贱凡庸者，引絙人也。"③（《太平御览》卷七八引《风俗通义》）

第三，历史文献中关于伏羲、女娲对文化创造方面的记载也很多，首推伏羲创始八卦的记载，如：

"伏牺始画八卦，列八节而化天下。"④（《尸子》）

"伏羲始别八卦以变化天下。天下法则，咸伏贡献。"⑤（《风俗

---

① 刘宗迪：《失落的天书》，商务印书馆，2006，第221页。
② 罗泌纂《路史·发挥一》，罗苹注，乔可传校，中华书局，1936，第238页。
③ 李昉撰《太平御览》第一卷，孙雍长、熊毓兰校点，河北教育出版社，1994，第672页。
④ 尸佼：《尸子》，汪继培辑，黄曙辉点校，华东师范大学出版社，2009，第43页。
⑤ 应劭：《风俗通义》，王利器校注，中华书局，1981，第3页。

通义》)"伏羲至纯厚,作《易》八卦。"①(《史记》)

"宓牺之前,人民至质朴,卧者居居,坐者于于,群居聚处,知其母不识其父。至宓牺时,人民颇文,知欲诈愚,勇欲恐怯,强欲凌弱,众欲暴寡,故宓牺作八卦以治之。"②(《论衡·齐世篇》)

"古者包牺氏之王天下也,仰则观象于天,俯则观法于地,观鸟兽之文与地之宜,近取诸身,远取诸物,于是始作八卦,以通神明之德,以类万物之情。"③(《太平御览》卷七十八引《周易·系辞》)

"伏羲坐于方坛之上,听八风之气,乃画八卦。"④(《太平御览》卷九引《拾遗记》)

"伏羲推测作甲子。"⑤(《路史·后纪一》罗苹注引《历书序》)

"自开辟后,五纬各居其方。至伏羲乃有消息祸福,以制吉凶,始合之以为元。"⑥(《古微书》卷十二引《春秋内事》)

"伏羲初置元日。"⑦(《广博物志》卷四引《物原》)

"资州掘地得汉碑,有'伏羲仓颉,初造工(王)业,画卦结绳,

---

① 司马迁:《史记·太史公自序》,线装书局,2006,第546页。
② 王充:《论衡》,上海人民出版社,1974,第291~292页。
③ 李昉撰《太平御览》第一卷,孙雍长、熊毓兰校点,河北教育出版社,1994,第670页。
④ 李昉撰《太平御览》第一卷,孙雍长、熊毓兰校点,河北教育出版社,1994,第81页。
⑤ 罗泌纂《路史·后纪一》,罗苹注,乔可传校,中华书局,1936,第60页。
⑥ 孙瑴:《古微书》,中华书局,1985,第242页。
⑦ 董斯张:《广博物志》,上海古籍出版社,1992,第60页。

以理海内'等语。"①（《蜀中名胜记》卷八引《学斋呫哔》）

"上古伏羲时，龙马负图出于河，其图之数，一六居下，二七居上，三八居左，四九居右，五十居中。伏羲则之，以画八卦。"②（《马世之学术文集》）

"伏羲六佐，金提主化俗，鸟明主建福，视野主灾恶，纪通为中职，仲起为海陆，阳侯为江海，六佐出世。"③（《绎史》卷三引《论语摘辅象》）

第四，伏羲、女娲还是礼乐文化的发明创造者，伏羲结绳为网，教导人们捕鱼打猎，取得火种，教人民吃熟食，传播养殖业，以及制定法规，确立历法，设立官职，治理天下。音乐方面，制作瑟，定乐名等等，女娲有制作笙簧，治水及水利相关等功绩，历史记载有：

"伏羲立九部而民易理。"④（《易纬坤灵图》）

"伏牺乐名《立基》。一云《扶来》，亦曰《立本》。"⑤（《孝经纬·钩命决》）

"伏羲《驾辩》，楚《劳商》只。"⑥（《楚辞·大招》）

---

① 曹学佺：《蜀中名胜记》，重庆出版社，1983，第131页。
② 马世之：《马世之学术文集》，大象出版社，2017，第222页。
③ 马骕、王利器整理《绎史》，中华书局，2002，第20页。
④ 郑玄注《易纬坤灵图》，中华书局，1985，第3页。
⑤ 黄奭辑《孝经纬》，上海古籍出版社，1993，第36页。
⑥ 朱熹撰《楚辞集注》，蒋立甫校点，上海古籍出版社，2001，第143页。

"伏羲乐曰《扶来》。""伏羲作瑟,伏羲作琴。"①(《世本·作篇》)

《世本》还有记载:"女娲氏命娥陵氏制都良管,以一天下之音;命圣氏为斑管,合日月星辰,名曰充乐。既成,天下无不得理。"

"女娲作笙簧。""宓牺作琴,八尺二寸,四十五弦。"又云:"伏牺臣芒氏作罗,芒作网。"②"伏羲氏瑟长七尺二寸,上有二十七弦。"③(《广雅·释乐》)

"古者伏牺氏……造书契,以代结绳之政,由是文籍兴焉。"④(《尚书》孔安国序)

"鸿荒之世,圣人恶之,是以法始乎伏牺而成乎尧。"⑤(《法言·问道》)

"庖牺……丝桑为瑟,灼土为埙,礼乐于是兴焉。"⑥"规天为圆,矩地取法,视五星之文,分晷景之度,使鬼神以致群祠,审地势,以定山岳。""立礼教以导文,造干戈以饰武。"⑦(《拾遗记》)

"且夫建武文元,天地革命,四海之内,更造夫妇,肇有父子,君臣初建,人伦是始。斯乃伏羲氏之所以基皇德也。"⑧(《昭明文选·东都赋》)

---

① 《世本八种》,宋衷、秦嘉谟注,商务印书馆,1957,第24页。
② 同上。
③ 《广雅》引自《广雅诂林》,江苏古籍出版社,1992,第698页。
④ 《尚书正义》,孔安国注,上海古籍出版社,2007,第2页。
⑤ 扬雄:《法言》,中华书局,1985,第9~10页。
⑥ 王嘉撰《拾遗记》,萧绮录,齐治平校注,中华书局,1988,第1页。
⑦ 同上。
⑧ 萧统:《昭明文选》,李善注,华夏出版社,2000,第23页。

"伏羲作十世之教，以厚君民之别。"①（《路史·后纪一》罗苹注引《六艺论》）

"伏羲……正姓氏，通媒灼，以重万民之丽，俪皮荐之以严其礼。"②；"盖天者，周髀是也，本包羲氏立……古者包羲立周天历度。"③（《路史·后纪一》罗苹注引《隋志》）

伏羲、女娲亦被视作农业神来信仰，文献中关于他们在农业、医药、住宅方面的贡献记载有：

"伏羲始尝草木可食者，一日而遇七十二毒，然后五谷乃形。"④（《孔丛子·连丛子下》）

"宓牺氏之世，天下多兽，故教民以猎。"⑤（《尸子·君治》）

"取牺牲以供庖厨。"⑥（《帝王世纪》）

"尝百药而制九针，以拯夭枉焉。"⑦（《帝王世纪》）

"庖牺……礼义文物，于兹始作，去巢穴之居。"⑧（《拾遗记》）

---

① 罗泌纂《路史》，《钦定四库全书》（影印本）。
② 同上。
③ 同上。
④ 孔鲋撰《孔丛子》，中华书局，2009，第330页。
⑤ 尸佼：《尸子》，汪继培辑，黄曙辉点校，华东师范大学出版社，2009，第43页。
⑥ 皇甫谧：《帝王世纪》，辽宁教育出版社，1997，第2页。
⑦ 同上书第3页。
⑧ 王嘉撰《拾遗记》，萧绮录，齐治平校注，中华书局，1988，第1页。

"太昊师蜘蛛而结网。①"(《抱朴子·对俗》)

"伏羲……蔡育牺牲,服牛乘马,草鞬皮蒙,引重致远,以利天下,而下服度。"②"伏羲聚天下之铜,仰观俯视,以为棘币。""伏羲作布。"③(《路史·后纪一》罗苹注引《白氏帖》)

"伏羲……化蚕。"④(《路史·后纪一》罗苹注引《皇图要览》)

"作结绳而为罔罟,以佃以渔。"⑤(《太平御览》卷七十八引《周易·系辞》)

"伏羲……冶金成器,教民炮食。"⑥(《绎史》卷三引《三坟》)

"伏羲禅于伯牛,钻木作火。"⑦(《绎史》卷三引《河图挺辅佐》)

节日习俗活动

还有与伏羲、女娲相关节日习俗活动的记载,如:"江东俗号正月二十日为天穿日,以红缕系煎饼置屋上,谓之'补天穿'。"(《拾遗记》);"宋以前正月二十三日为天穿日,言女娲氏以是日补天,俗以煎饼置屋上,名曰补天穿。今其俗废久矣。"⑧(俞正燮)

---

① 葛洪:《抱朴子》,上海书店,1986,第9页。
② 罗泌纂《路史》,《钦定四库全书》(影印本)。
③ 同上。
④ 同上。
⑤ 李昉撰《太平御览》第一卷,孙雍长、熊毓兰校点,河北教育出版社,2000,第670页。
⑥ 马骕、王利器整理《绎史》,中华书局,2002,第20页。
⑦ 同上。
⑧ 俞正燮:《癸巳存稿》,商务印书馆,1957,第319页。

祭祀活动

关于伏羲、女娲的祭祀,史书上也有不少相关体现。唐代时以伏羲、神农和轩辕为三皇,建立庙宇,进行供奉,春秋两季用少牢的规格来祭祀。宋代时延续唐代祭祀典礼,金代则为三年一祭,在春天祭祀伏羲,有元一代则仅作为医药之圣为主要祭祀目标,明朝将伏羲的祭祀提到很高的地位,春天和秋天祭祀,有专人负责在陵墓祭祀。清代的伏羲女娲祭祀则变得不受重视,春天和冬天祭祀。

遗迹

关于伏羲女娲遗迹的记载,主要有炼石补天处、伏羲女娲宫庙祠、伏羲女娲陵等。

其一,炼石遗迹,如:"归美山,山石红丹,赫若采绘;峨峨秀上,切霄邻景,名曰女娲石。大风雨后,天澄气静,闻弦管声。"[1](《太平御览》卷五二引王歆之《南康记》)

其二,伏羲女娲宫庙祠等记载有:

"南康郡有君山,高秀重叠,有类台榭,名曰女娲宫。"(《述异记》卷下)

"房州上庸界,有伏羲、女娲庙,云是抟土为人民之所,古迹在焉。"《述异记》:"南康郡有君山,高秀重叠,有类台榭,名

---

[1] 李昉撰《太平御览》第一卷,孙雍长、熊毓兰校点,河北教育出版社,2000,第471页。

曰女娲宫。"①（《录异记》卷八）

"陈州为太昊之墟。关东城内有伏羲女娲庙。庙东南隅，有八卦坛；西南隅有海眼，是古树根穴直下，以物投之，不知深浅。岁旱以金银物投之，可致雨，亦是国家投奠之所。穴侧有龙堂焉。"②（《录异记》卷八）

"今峨眉亦有女娲洞。常璩《华阳国志》等谓伏羲女娲之所常游。""中皇山之原，所谓女娲山也"时云："山在金（州）之平利，上有女娲庙，与伏羲山接庙起，伏羲山在西域（城），女娲山在平利。""抛铰二山，焚香合于此山。""骊山有女娲治处。"又云："蓝田谷次北，有女娲氏谷。三皇旧居之处，即骊山也。"

"以其（女娲）载媒，是以后世有国，是祀为皋禖之神。""今济原县之女娲山上有祠庙。"③（《路史·后纪二》）

"瓦亭水又西南出显亲峡，石宕水注之，水出北山，山上有女娲祠。庖西之后有帝女娲焉，与神农为三皇矣。""瓟河又左径雷泽北。其泽薮在大成阳县故城西北十余里，昔华胥履大迹处也。"④（《水经注》）

"女娲祠在晋州。"⑤（《挥麈录》）

"伏羲庙在县东南五十里卦底村，庙后有□元大德十年建，

---

① 杜光庭撰《录异记》卷八，第1页。
② 同上。
③ 罗泌纂《路史》，《钦定四库全书》（影印本）。
④ 郦道元：《水经注》，中华书局，2009，第616页。
⑤ 王明清《挥麈录》，上海书店出版社，2001，第3页。

庙东有画卦台。相传伏羲画卦处。""女娲庙在东安十五里范村元大德十年乡人张元庆建。"①(《平阳府志》卷十)

"伏羲庙旧址在赵城县东南伏牛村,元至大初建。""娲皇庙在东门外五里许侯村里。"②(《平阳府志》卷十)

其三,女娲陵墓的记载有:

"女娲墓有五,其一在赵简子城东,今在晋之赵城东南五里。高二丈。"③(《路史·后纪二》)

"女娲葬华州界。"④(《挥麈录》前录卷之一)

"上古娲皇陵,在赵城县侯村里,有二冢,东西相距四十九步,各高二丈,周围各四十八丈。"⑤(《平阳府志》)

另有记载山东境内有女娲陵墓,如:"任城县东南三十九里有女娲陵。"⑥(《元和郡县志》)

"女娲陵,在济宁州东南三十九里。"⑦(《兖州府志》)

除此之外,还有如《太平寰宇记》中记载女娲墓在风陵城,

---

① 《平阳府志》,载《中国地方志集成·山西府县志辑》第44册,凤凰出版社,2005,第245页。
② 同上书第247页。
③ 罗泌纂《路史》,《钦定四库全书》(影印本)。
④ 王明清:《挥麈录》,上海书店出版社,2012,第8页。
⑤ 《平阳府志》,载《中国地方志集成·山西府县志辑》第44册,凤凰出版社,2005,第137页。
⑥ 李吉甫:《元和郡县志》卷十。
⑦ 《兖州府志》,载《中国地方志集成·山东府县志辑》第71册,凤凰出版社,2004,第406页。

风陵故关即为女娲墓。

还有关于伏羲、女娲庙亦有神奇事件的记述:"东关外有伏羲墓,以铁锢之,触犯不得,时人谓之'翁婆墓'。陈州虽小,寇贼攻之,固不能克,以其墓灵也。""华陕界黄河中,有小洲岛,古树数根,河水泛涨,终不能没,云是女娲墓。大历年中,连日风雨晦暝,雷电不已,晴霁之后,忽失此墓,不知所在。"[1](《录异记》卷八)

---

[1] 杜光庭撰《录异记》卷八,第1页。

（二）古迹景观

伏羲、女娲的传说代代相传，全国各地亦形成若干知名的伏羲、女娲文化圈，各文化圈内遗址、遗迹亦数不胜数，山西境内的伏羲、女娲遗迹数量众多。本章针对山西省伏羲、女娲的历史遗迹进行简要论述，按类型分，山西境内伏羲、女娲的遗迹大致可分为地方风物、庙宇陵墓、考古资料三类；按分布地域分，则表现为晋南和晋东南两大地域较为集中。同时，甘肃省、河北省、河南省、山东省、陕西省以及台湾存有伏羲女娲的许多古迹景观。

晋南境内

吉县人祖山

吉县是山西省临汾市辖县，其境内人祖山是山西伏羲、女娲遗迹最集中的地域，传说这里是上古时期洪水灾难来时伏羲和女娲二人避难成婚、生育人类的地方。从吉县县城往西北方向行进三十公里左右即为人祖山，主峰海拔最高处达一千七百余米，占地面积超过二百平方公里。据记载，人祖山的名称来源于山中所建寺庙——伏羲庙，因为伏羲被人们视为人祖，故而此山得名。另有传说伏羲姓风，所以人祖山在古时也被叫作风山，有的说称为庖山，庖山之名则来源于伏羲又叫作庖牺氏。人祖山主峰的最高处是祭祀伏羲、女娲的人祖庙，历代来伏羲庙和娲皇宫祭拜的信众络绎不绝。其中伏羲庙为正殿，又被称为伏羲行宫，其建庙时间虽久远现已无法确定，但据考证，至迟不晚于元代。大殿采光面向西，整体朝向为坐东向西，殿内建筑形制古朴，多有残破，但建筑上图案依稀可见，牡丹、龙纹瓦当等，多寄寓吉祥之意，中央供奉人祖伏羲的圣像，身旁左右各一位佛像随立在侧。人祖庙的娲皇宫是祭祀女娲的后殿，这里曾挖掘出大量的人骨、兽骨及佛像等，佛像雕塑手法也验证了其建立时间不超过元代。今天的娲皇宫仍保留着极为古老的伏羲岩刻，上刻有十八罗汉造型，这也在侧面说明了伏羲、女娲信仰在后世传播中与佛教相结合的一个倾向。

除了庙宇遗迹，人祖山还有传说中伏羲、女娲测天意时的滚磨沟、穿针梁等地方风物，以及女娲补天的补天石遗迹等，随着近年来政府对伏羲、女娲文化的关注与提倡，人祖山作为伏羲、女娲信仰、崇拜的典型景观遗迹而重新受到人们关注，2014年人祖山景区正式开门迎客，人祖山景区自然风光秀丽,有娲石灵光、风门洞天、幽谷清流以及广成仙洞等众多景观,铁佛头像和泥塑女娲头像保存至今,已经成为融合人祖祭祀、旅游休闲、自然风光等功能的景区。人们在亲近自然的同时,聆听伏羲、女娲的传说,交流着对人祖的情感,感受着中华先祖圣达爱民的遗风……一个个传说与庙宇,一次次祭拜与庙会,无形中使得对人祖的崇拜不断深化与加强。

吉县柿子滩女娲岩画

柿子滩遗址地处吉县县城西边,自 20 世纪 80 年代发现以来,逐步发掘出丰富的石器、岩画等,形成了东西延伸近十公里,分布面积近六万平方米的上古文明遗址群,并于 21 世纪元年被录入第五批全国重点文物保护单位名单[1]。

据考证,柿子滩遗址距今有两万年到一万年,属于旧石器晚期,其崖壁上的岩画与女娲密切相关。两幅岩画于柿子滩遗址的岩棚下被发现,岩画呈赭红色,所以尽管距今已千百年,表面有很多剥落处,但上面的图画基本可以看清。据考证,左边的一幅岩画所绘女性形象就是女娲,形似我们今天在剪纸中常见的鬓髻娃娃形象——正面朝前,圆形的头,头发扎为两个发髻,头顶上绘有七个圆点,身前乳房像袋子一样垂在身体两侧,两条胳膊平举,小臂朝向头顶,双腿肥硕而突出,腿的下面有六个小圆点,全身都是红色的,只有下腹部有一个圆形小

---

[1] 国务院关于公布第五批全国重点文物保护单位和与现有全国重点文物保护单位合并项目的通知。国发〔2001〕25 号。

孔没有涂色。这幅女娲岩画里体现着先民对生育、母性、女娲鲜明的信仰。首先，岩画中人物为女性，被突出显示的袋状乳房、象征女性生殖器的小孔、类似花瓣的女阴等都寓意着旺盛的生命力和强大的生育能力，毫无疑问体现出人们渴望得子、生子的愿望，即对女性神秘的生殖力量之崇拜。其次，岩画中人物形象双臂平举，屈肘向上，手中似有石块，不禁让人想起女娲炼石补天、拯救人间的壮举，人们对女娲补天立地功德的感念之愿，对其如母亲般人格的崇拜之心，以及她不怕艰险、为民造福的英雄人格的敬仰之情，都熔铸于一方红色岩画中，历久弥新。再次，据考证岩画上方和下方的小圆点分别指代的是天北方的北斗七星和天南方的南斗六星，众所周知，星辰的运行对农业耕种有极大的影响，可见，原始时期人们已经认识到风调雨顺对农业生产的重要性，在此作岩画祭拜人祖女娲，亦有祈求农作物丰收之意。

洪洞伏羲庙等遗迹

卦底村，又有卦地村之名，属于山西临汾市洪洞县淹底乡，地处洪洞东南方向，距离县城近三十公里，西距淹底乡十三公里，卦底村被一条沟分为南卦底和北卦底，加之周围的村子则形成了类似八卦图的"十里八卦"地形。传说这里是伏羲画八卦的地方，村名就来源于此，据《洪洞县志》记载，伏羲庙是建于元代大德十年，在庙后面有坟墓，传说中的伏羲画卦台则位于伏羲庙东面。这样的记载同样见于碑刻，洪洞曾出土了一块刻有"伏羲画卦处"的清朝石碑,石碑上亦记载着伏羲庙、伏羲冢及画卦台的方位。① 至今村内仍有伏羲庙遗址、伏羲坟冢和伏羲画卦台遗迹。伏羲庙遗址位于现在的南卦底村,虽庙宇已多有坏损残破之处,但从建筑的纹饰上仍可看出建筑的做工精良。据当地人说,伏羲庙是在日本侵华战争时期被毁坏的,今天当地仍有老人可以回忆起伏羲庙的建筑情况以及当年庙会的盛况:曾经这里有建筑精美的伏羲庙和女娲庙,都在卦底村的一块高地处,而且从规模上看,女娲庙更胜一筹,这也从一个侧面反映出女娲信仰在后世有较高的重视度。县志记载,碑刻验证,以及人们口口相传的庙宇记忆等,都让洪洞人民对伏羲、女娲的信仰与崇拜绵延不绝。另外,当地还有一处名为碾子沟的遗迹,相传伏羲和女娲在此地滚磨盘测天意而成亲、生育后代,亦蕴含深厚的生殖崇拜信仰和对初祖的纪念之情。

  伏牛村也是洪洞县伏羲遗址较集中的地点,据载,此地曾经有伏羲庙存在,该庙建于有元一代,相传这里也是伏羲上马的地方,所以就有了老牛卧下和跪着的印记,形成了卧牛池、伏跪坑和伏牛台等遗址,伏牛村亦因此得名。21世纪以来,此地又发掘出了一方碑刻,上书伏羲庙记也进一步讲述了伏牛村与伏羲相关的遗迹、传说等。经历了日军侵华的战乱,今天伏牛村中的伏羲庙已不复存在,但是我们仍可以从历史记录中看

---

① 文曰:"洪洞县治之东南五十里有村曰卦地,伏羲画卦之所在。村有伏羲庙,庙旁有冢,冢前有画卦台……"

出当年官方祭祀的盛况，想见当年建筑物的辉煌：早在商周时代，伏牛村就建有了牺皇庙，历代逐渐修整，在东汉时又进行了重建，形成了以伏龙岗上的牺皇庙为中心，由娲皇娘娘庙、道家三官庙、紫云观等十余座建筑构成的伏牛村古建筑群落，其中祭祀处建筑气势恢宏，且配以特制乐器，唱戏台亦不失风采。尤其值得称赞的是牺皇庙大殿壁画精致无比，色彩绚丽，大殿中供奉着伏羲乘卧牛的神像，神像背后还有一只巨型脚印，圣像两侧有随侍的童子像。细看神像，伏羲头顶有梳子，脸为红色，座下卧牛头朝西，尾向东，一副怡然自得的样子……

洪洞娲皇庙、女娲陵遗址

洪洞县的女娲景观遗迹主要有赵城镇侯村的女娲庙、女娲陵和辛村乡辛南村的娲皇圣母庙、梳妆楼等。

从赵城镇出发，向东行大约四公里即可到侯村，女娲庙和女娲陵在村东北高台地。根据历史记载和当地老人回忆，曾经的女娲庙与女娲陵建在侯村中轴线上，女娲庙建筑整体背朝北面，面向南面，依地势而形成北边高，南边低的格局，庙的周边围有一圈红色墙壁，高度都超过三米。在女娲庙门前还有一条"御路"专供官方祭祀女娲之用，这条路自东向西，直通侯村的西大门，一路牌楼林立，甚是壮观。在女娲庙后，又有女娲陵，女娲陵在当地又被叫作娲皇陵，而且这里不是一座孤陵，而是建有相对而望的两座陵墓，左边的是女娲娘娘正墓，右边的相传是一座衣冠冢，是副陵，陵墓周围几人合抱之粗的柏树围绕，这柏树气息神圣，既不招虫子，林中小鸟也从不在此排泄，一百零八棵古树更加衬托出陵墓的威严。据考证，历代统治者到此祭祀已逾七十次，与祭祀相关的石碑亦不断被发现，至今已有十二块，可见，女娲庙和娲皇陵在古代就有着非常广泛的民间信仰。

今天再看女娲庙和女娲陵遗址，无不深感当年的辉煌已随风散去，仅留有宋元年间的碑刻两通，传说中补天石头一块，民间自发修建的简单庙宇五间，以及干枯的三千年高龄的古老柏树三棵。目前，在官方扶持、民间重视下，女娲庙遗址已成为重点保护对象，得到了保护性修复，围绕女娲庙、娲皇陵展开的纪念女娲的庙会、祭祀也在逐年恢复中，吸引着周边各县市的人民前来参观、祭拜，女娲信仰与崇拜早已深深镌刻在女娲故里的乡民心中，辐射四方。

另外有与女娲有关的庙宇名为娲皇圣母庙及梳妆楼，在洪洞县城往西五公里的辛村乡辛南村。今天的辛南村娲皇圣母庙和梳妆楼规模虽不复辉煌耀眼，但其建筑年代久远，大约是宋代就已存在于此的，经过历代的祭祀与重修，方得以保存至今。目前庙内存有清代重修碑记石，文字磨损但仍可辨认为道光年间所筑，庙前有一条大路，古称马道，现在人们将其看作是神道，人们认为这是女娲圣母和众位神仙走的路，每逢庙会，人们都要来这条路上走一走好沾沾神气，为自己求个平安吉祥的彩头。与娲皇圣母庙和梳妆楼由来的相关传说仍在当地口口相传，在维系民众共同信仰、增进地域间文化认同、促进和谐文明社会风气等方面依旧起着不可小视的作用。

永和乾坤湾

在黄河中游流域的吕梁山南端,有县名为永和,该县西边紧邻黄河,与陕西省延川县隔河对望,乾坤湾就位于此处。河水绕着沿岸村庄形成了"S"形的弯曲,与周边的永和县境内的河会里村和后山里村,以及陕西的伏义河村和小程村完美配合。黄河水湍流灵动,乾坤湾水抱山环,仿佛是天造地设的一个大地八卦图,其中"S"形河水为阴阳交界处,永和与延川各是太极盘中的阴阳一极。眼前这惊心动魄的乾坤湾,相传是与人祖伏羲画八卦有关。传说,在古老的时代,伏羲为了体察世间万物的变化规律,仔细查看天之象,又认真考察大地之迹,还不放过鸟兽虫鱼与大自然的密切关系,终于,在这一次次观察中,在这一天天思考中,伏羲从黄河的水流走向悟出了神秘的八卦,终于造出了先天八卦。现在,这里还建有乾坤亭供人们祭拜和游览,亭中柱子上所刻:"天地造化乾坤湾,羲皇推演太极图。"这里关于石头的信仰十分兴盛,石庙石洞内大多刻有代表原始生殖崇拜的画,山崖上还有摩崖天书,周边村落中,各种有关天地、阴阳的信仰非常突出,民歌剪纸等民俗气息浓郁。站在此处,可以真正感受到自然、人文的感染,黄河与思想的激荡,无人不发思古之幽情,念无上之伏羲。永和乾坤湾作为伏羲和女娲精神文化的传承载体,与黄河一道从古奔流至今,优美的弧度亦诉说着以伏羲、女娲为代表的中国最初的文明与魅力。

万荣后土祠与河津高禖庙

万荣后土祠与河津高禖庙都是专祭女娲的庙宇，均位于山西运城市，"后土"即为掌管土地的神之意，也就是将女娲视作地母来祭祀，"高禖"意同"皋禖"，有掌管婚恋、姻缘、生育的神媒之意，这里将女娲视为媒神来祭祀。

万荣后土祠建在黄河之东的庙前村北，目前所存庙宇占地面积超过两万五千平方米，规模宏大，并且有着久远的历史。据记载，在黄帝时代，黄帝就通过"扫地坛"来祭祀圣母女娲，此后的帝尧和帝舜在自己亲身祭拜的同时，还设置了专门掌管女娲祭祀的部门，接着，夏朝、殷商、周朝坚持每年都来这里祭祀地母女娲，尤其是殷商时期，除去常规的祭祀，每逢求卦问卜之时都要进行盛大隆重的祭祀仪式来祈求地母赐福，这些在后来出土的殷墟甲骨文中可得到见证。直到汉代，在此地祭祀后土神的活动有增无减，而"后土祠"的得名更与一代大帝汉武帝有关。相传汉武帝在位期间，无意中于该地区获得了一方大鼎，这鼎颇为神奇，鼎底刻有上古铭文，鼎外装饰以蛟龙、云山、奇景等奇异吉祥之图。一时间，举国上下都认为大鼎出，天下吉，无不欢欣鼓舞，汉武帝则下令在大鼎出土的这个地方修建一座庙宇，名为后土祠，在这里对地母女娲氏进行祭祀与供奉。史书记载，汉武帝对女娲祭祀极为重视，曾亲自前来祭祀达六次之多，一来表达对女娲保佑国家的不尽感激之情，二来希望通过祭祀求得国运昌盛，社会太平，人民富足，风调雨顺的祥瑞降临。在修建后土祠同时，汉武帝进行了年号的更改，寓意新的国运开启。有唐一代，唐玄宗再次对后土祠进行修建，加大了后土祠的面积，县志记载扩建期间又发掘了两个鼎，唐玄宗顺势就将出土鼎的县名另拟为宝鼎县。宋代以降，宋真宗为了表示自己是女娲氏的后人，继承皇位是天经地义的事情也着手修缮和扩建后土祠，并把原来的"宝鼎县"改名为"荣河县"，意在表示吉祥的光芒从母亲河中呈现出来。宋代所修缮的后土祠其规模之大，达到百亩，工匠之多，达到五千，楼阁之多，已逾廿处，被清朝人赞为"海内祠庙之冠"。此外，宋真宗还写了纪念女娲的碑石，名为《汾阴二圣配飨之铭》，主要表达对后土女娲圣母的重视、对女娲神力灵验的感激，以及开国以来赵氏创立的功勋等，此碑形制巨大，包含五块大石，整体高两米过半，宽七米有余，碑文共一千三百六十五个字，堪称壮观，时至今日，这块碑石仍然随时光流转伫立在后土祠中。此后历代君王或是官员也多有亲自前来后土祠祭祀的。明清以来，官方祭祀后土虽重点在社稷坛和地坛，但是民间在后土祠对后土圣母的祭祀和崇拜仍绵延不绝。

关于后土祠的建祠地址，因后土祠建在黄河沿岸，受黄河几次改道影响，历史上后土祠的地址亦几经变迁。最初汉代的后土祠建于黄河边的一块长条形高地上，这个地方就叫作汾阴脽。后来在明朝时期，河流一直向东侵袭河岸，河岸向东后退，后土祠随着亦往东边迁移。到了清朝，黄河多次发大水冲毁堤坝，岸上的后土祠亦没有幸免于难，屡次重建屡次被毁，直到同治时期将后土祠移到了今天庙前村的北边，才得以保存到今日。

目前，后土祠建筑群整齐有致，布局精妙，整体保持了坐北朝南的三进院落的格局，在三进院落之后是最高的秋风楼，院落之前存有山门。从山下到山门要经过"太极道"、慈恩亭和暗合节日物候的一百零八个台阶等，这里太极道因道路形似八卦图中的"S"形而得名，慈恩亭寓意常念慈母恩德，一百零八个台阶分为九组，寓意九重天，每组台阶有十二级台阶，寓意一年十二个月，登此台阶，步步高升。入了山门后，走过庭院，山门背后可以看出是一个戏台，这戏台十分独特，戏台上的台板可以自由拆装，唱戏时将其固定在两边，上面唱戏，下面的通道照常可以供香客通过。继续往前走，还可以看到东西两边各有一座戏台，这两座戏台大小、样式、建制都是一模一样的，与山门后的过厅戏台联系起来，就形成了一个工工整整的"品"字，此"品"字形大戏台，独特别致，为世间稀有。戏台前方有见证了百年沧桑的一对龙凤古柏，因其形似天龙飞腾、神凤飞舞而得名"龙凤柏"。这里还建有两座五虎殿，两殿一东一西，各三间，建筑规模形制一般无二，只是供奉神祇不同，东边供奉的黄飞虎、蒋雄等五岳大帝，而另一殿神像为关云长、张翼德等蜀国五虎上将。

进入献殿可感受到木雕建筑的精美，随后，到达祭祀后土圣母女娲的正殿。殿中供奉三座神像，从左到右依次是送子娘娘、后土圣母和送药娘娘，最左送子娘娘抱着一个小孩子，寓意掌管生育，为人们送来后代，最右神像手中拿着钵盂和药丸，暗示具有能够治病救人的神力，三位女神形态各异，容颜端庄，慈祥仁爱。实际上，从女娲多重神格和信仰方面来看，侧边这两位女神其实是后土圣母不同神职的化身，即始祖神、生育神、保佑神等。后土祠的最后便是一座三层的秋风楼，该楼得此名源自汉武帝在后土祠祭祀时所作《秋风辞》。

相较后土祠的面积与规模，河津高禖庙虽稍逊一筹，但占地仍达到一万平方米，其地址在河津连伯村，从地图上看，高禖庙与后土祠的连线几乎与汾河东北西南走向平行，也可见女娲信仰和主要遗迹区与黄河密切相关。高禖庙，在当地常被称为"高庙"，因建在黄河岸边，故而历来备受水患影响，据记载，自夏朝创建高禖庙以来，商周、汉魏、宋元明清、"民国"等均有重修扩建记录，人们对女娲媒神的信仰也已逾千年，每年农历的三月十八日，相传为女娲诞辰，高禖庙要举行盛大的庙会，青年男女在这一天可以自由的相会、相恋，人们对女娲的信仰从婚姻又增加了生殖、求子、祈福等内容。

高禖庙现存建筑由三进院落组成，庙宇有正殿、天神殿、结义殿、阎罗殿、三霄殿、五岳殿、献殿等，整体布局合理，色彩饱满，木雕技艺高超，各种吉祥图案装饰精美，另有保存重修庙宇碑十三块。正殿大门上挂有"至哉坤元"的门匾，殿内供奉四位大神，正中间是女娲娘娘，作为始祖神和媒神被祭祀，旁边一为大禹，被视为夏朝始祖，二为后稷，神轿里面是后稷的母亲姜嫄，传说姜嫄履大迹而生后稷，所以二人被视为周朝的始祖，正殿是高禖庙的主体，历年来香火最为鼎盛。正殿的东西两侧分别是天神殿和结义殿，天神殿共三间，内供奉道家的神仙赵九郎，传说他掌管天上风雨和雷电，被人间称为天神，结义殿内供奉刘玄德、关云长和张翼德，在东西廊亦有阎罗殿，供奉十殿阎罗，传说其掌管人的生死祸福；三霄殿供奉着三位名字中带"霄"的仙姑，分别是云霄、琼霄、碧霄，她们给天下苍生赐福，同时还有福佑幼儿的神力；五岳殿供奉的是东西南北中五岳大帝，即黄飞虎、蒋雄、崇黑虎、崔英、闻聘大帝。高禖庙在建筑方面最值得一提的便是献殿的香亭和舞台，以及庙中留存的精美壁画。香亭上的四个角下各有一根柱子，以斗拱相接，但奇在这几根柱子并不着地，而是距离最下方的石墩子还有距离，可见建筑技艺之高超。舞台的建筑堪称一绝，舞台之顶亦没有用钉来衔接，而是以斗拱结构使其固定，更显飘逸卓绝。高禖庙内另有世间罕见的古代壁画，如献殿之东山墙绘有大禹故事、西边则有后稷故事与之对应，同时西边还另有祭祀高禖情景，加上结义殿的三英战吕布，以及天神殿的天官赐福等壁画，每一幅壁画都主题鲜明，色彩搭配协调，人物描绘惟妙惟肖，久视壁画，仿如身临其境。

综上，万荣后土祠是到目前为止全国关于祭祀后土、祭祀女娲历史最悠久、建筑规模最大的祠庙。河津高禖庙是以"高禖"为名，具有巨大历史文化价值的祭祀女娲的庙宇，直到现在，后土祠、高禖庙仍以其深厚的历史、文化意蕴，精美、独特的建筑形制，传承并发扬着后土圣母、女娲的大爱精神，表达着民众对女娲的崇拜与尊敬，承载着一代代华夏子孙对幸福安康、国泰民安的真诚祈求。

晋东南境内

长治市伏羲庙与娲皇宫

在三晋大地的东南部长治市分布着众多祭祀伏羲与女娲的庙宇和古迹。其中一座伏羲庙，位于距市中心十九公里的长子县中漳村，处于长治西南方向；而有关女娲的遗迹分布较多，主要有三处，其一为长治西南方向的天台山遗址，距离市中心十五公里，其二为襄垣县娲皇宫，处于长治市北边的仙堂山，距离市中心六十公里，其三是黎城县娲皇宫，距离市中心一百公里。

首先，中漳村的伏羲庙供奉伏羲先祖，据记载，庙宇在明代和清代均有重修，现在还保存清代的重修碑记，可以想见当时人们对伏羲庙的重视。流传至今的庙宇主要有正殿三间、献殿三间，各殿宇也雕刻有龙、祥云、富贵牡丹等吉祥图案。但是目前的伏羲庙已多有破损，尤其是上述两殿屋顶损毁严重，不过，2013年该庙已被列入全国重点文物保护单位，2016年文物部门已开始启动伏羲庙的修复工程。

其次，天台山与女娲的密切联系主要来源于女娲炼石补天故事传说与当地自然风物的结合。相传，女娲在补天时，来到了天台山炼制石头，被女娲选中的这个地方非常神奇，即在每年的二十四节气之一夏至的这一天，无论太阳是刚刚从东方升起，还是已经运行到正头顶，还是快要落入西边大山，在天台山的各个角落都不会看到有阴影的存在。另有传说如果在这里默默祈求生育孩子，是非常灵验的。

再次，襄垣县当地流传有女娲炼石补天和抟土造人的传说，在仙堂山山顶建有一座宽五间、高两层的全木结构宫殿——娲皇宫。娲皇宫几乎是沿着山崖劈山而建，周围树木拱绕，山洞众多，如处仙境。根据庙前的碑石记载，该宫殿建于明代，是当地人们感念女娲炼石补天的圣大功绩和伟大精神，为了表示对女娲精神永不忘怀而修建的，此后在清代和民国期间都有过重修。娲皇宫一层楼阁供奉的是造人娲皇，二层供奉补天娲皇，在当地人眼里，造人娲皇不仅求子灵验，还可以保佑十二岁以下的小孩健康平安。庙宇、碑记、习俗等无不体现出人们对女娲的敬仰之情。同时，与仙堂山相对而望的广志山，其山亦建有娲皇庙，规模宏大，包含梳妆楼，该楼前的楹联即可看出人们建立娲皇宫的初衷与仙堂山一般无二："广志山高铭恩多谢补天女,古黎福厚抟土犹怀送女娲。"

浮山娲皇窟和浮化山女娲遗迹

浮山,又被人们称为磨儿山,位于山西省晋城市的泽州县。娲皇窟,也叫作翁婆头、补天窟,实则是一个山洞,形状如袋子,相传是女娲补天的地方。洞内供奉着一座女娲塑像,因口口相传这里妇女求子后多有回应,所以前来上香祈祷的人不在少数。相传,浮山曾建有规模宏大的娲皇宫,正殿、偏殿、山门、钟楼、鼓楼等一应俱全,有五间正殿供奉娲皇,三间偏殿供奉嫘祖、蚕祖、关公、赵公明等,每逢庙会十分壮观。现在浮山的娲皇宫已随时光逝去,此地空余十余碑,根据娲皇窟前的十多通石碑记载,娲皇庙曾建于此处,只是建造年代久远,宋代以来各朝代均对其多加修建,光大娲皇弘德。另外,在晋城市还有相传为女娲补天的阳城万屋山,因形状像房屋而得名。

浮化山,传说山中产的石头呈蜂窝状,中间空,不会沉入水中,因此得名。该山本分为东浮化山和西浮化山,东浮化山位于今天阳泉市的平定县,西浮化山则归入寿阳县,西浮化山女娲庙已湮灭不见。这里山顶很平,又很广阔,就像是一口大锅的锅底,加上山上的石头大多色彩丰富,就像是补天的五彩石留下的石渣,异常美丽,相传这便是女娲炼石头的所在。此山还有一座女娲庙,明清两代祭祀频繁,几乎不曾断绝,庙中现存碑记众多,有《东浮化山重修圣寿寺伏羲娲皇二圣殿记》《东浮化山寿圣寺妆修庙宇碑记》《重修东浮化山人祖庙记》《重修东浮山娲皇庙碑记》等，主要是因为洪水过后，伏羲女娲在此处留下圣迹，后人建造此庙是为了赞颂伏羲、女娲二圣的开天之功，同时也为祈福祈寿。当地人对伏羲、女娲敬仰至极，以至于在明代庙宇重修之时，人人出力，富者捐献金银，贫者付出人力，盖成了山门、十王殿和伽蓝殿，殿中的塑像、寝宫、厨房等用具也均换为崭新的。

晋城浮山和阳泉浮化山名字相似，均与女娲补天、造人遗迹相关，展示出女娲为民造福的、勤于补天的伟大精神。此外，山西省境内还有蒲县河西村娲皇行宫、寿阳县落磨寺村落磨寺、霍县贾村和左权县娲皇庙等规模不一的祭祀女娲的庙宇遗迹，它们与上述遗迹景观、传说故事、民间习俗等一道成为伏羲、女娲信仰最有力的见证者。

其他省市

现今中国境内，可以见到很多祭祀创世先祖伏羲、造人圣母女娲的场所，其中较为引人注目的主要分布在甘、冀、豫、鲁、陕各省，台湾地区因受到来自大陆移民所带来的伏羲信仰影响，也建设有祭祀伏羲的相关庙宇。

甘肃省画卦台、伏羲庙与女娲庙

我国西北广大地区中，伏羲、女娲遗迹分布最丰富的地域非甘肃省莫属，而又以该省东南部的天水市最为集中，较为典型的有伏羲画卦台遗址、伏羲庙和女娲祠。

第一，画卦台遗址地处黄河中游的渭河沿岸，分布在距天水市二十余公里的市北麦积山区，在这里临水而望，可以看到对面山崖上的龙马洞。关于此二地与伏羲、女娲的关系，当地有这样的传说：渭河水中有一大块儿形似太极图的分心石，该石头随水涨落而隐现，有一天，伏羲正在渭河边行走，突然，龙马带着纹饰从渭河中腾空而起，一时间龙马图出，分心石显，龙马之图与河中之景精妙配合，映入伏羲眼帘，霎时间给了伏羲启示，他参透了天地法则，画出了代表风、火、水、山、泽、雷等意向的八卦图，以此八卦推演世间万物。由此，伏羲画卦的地方得名为画卦台，亦称为卦台、羲皇台或伏羲台。

画卦台的顶部地势平展，视野开阔，虽然目前仅存一些遗石，但据记载，这里的伏羲庙至迟在金代已建立，有元一代民众发动民间力量对伏羲庙进行原址复建，到明代时官方祭祀逐渐衰微，仅剩当地民众时有祭拜。相传，伏羲庙中原有一圆盘八卦，是玉石材料制成的，如果用手轻轻敲这个圆盘，还会听到朗润清晰的声音。此后，画卦台，唯余石迹与龙马，该地的庙宇与圆盘皆不见，在20世纪80年代，民众重新修建了伏羲庙，并延续祭祀活动。关于祭祀伏羲的时间，主要集中于春秋两季，如汉代时常在春天，唐代时为农历三月三、九月九两天，而明代时则为二月三、八月三两天，后又改为伏羲诞辰正月十六和二月十五日两天。现在每年的画卦台伏羲庙会则为农历二月十五举行,而二月二日到三月三日之间,人们都可以上山烧香祭祀伏羲,还有台湾同胞到此寻根。庙会当天,武术、戏曲、杂耍、舞龙舞狮等表演,小吃特产等,与人祖祭祀活动同放异彩,为民众提供了祈求福气、诉说心愿、情感狂欢的社交场所,也强化着人们对人祖的认同追思之情。渭河对面的龙马洞遗址,洞内现存女娲神像、白马塑像、石床,洞外楹联上书"伏羲氏画卦结绳开天明道,娲皇氏炼石补天繁衍人类。"以此表达对人文始祖的纪念之情。

第二,在天水市中心,有当地人常说的"人宗庙",是纪念伏羲的庙宇,因当地人称伏羲为"人宗爷"而得名。传说伏羲在此地出生,故而明代设庙祭祀人祖。据记载,该庙在此后被修建次数多达九次,建筑宏伟,至今保存较好,建筑面积现存仍超过六千六百平方米,在伏羲祭祀遗迹中首屈一指。伏羲庙建筑群院落分为四进,布局对称,沿着中轴线自南向北依次排列着"开天明道"牌坊、大门、文祖殿、仪门、先天殿、太极殿等,在院落东西两侧亦相应分布着东展厅与天水历史文物展厅、东西碑廊、东西朝房、鼓楼与钟楼、来鹤亭等。该庙南面临路,对面有戏楼与伏羲庙大门隔路相望,戏楼东西两侧亦有东西牌坊。伏羲庙的正殿——先天殿,位于高度近两米的高台上,门窗、房檐、房顶均雕刻有吉祥神龙、舞凤、富贵牡丹等纹饰。房檐下挂有钟铃,房顶上将八卦衍生为八八六十四卦,与八卦图密切呼应。殿内正中供奉着身高超过三米的伏羲圣像,圣像手中拿着八卦图，神情端庄严肃，似乎正处于无尽的思考中，这里也是伏羲祭祀的最主要大殿。先天殿前的院子东西各有朝房，意为文武百官整理仪容、休息等待的地方，东朝房为武官等待处，西朝房为文官等待处。太极殿是为伏羲提供休息、就寝的宫殿，也设立了人宗爷的神像。在两座宫殿之间东边有钟楼，西边有鼓楼，据记载历史上的钟楼鼓楼均是六角建筑，但在"民国"时的一场大火中焚毁，今天我们见到的钟楼和鼓楼均为现代重修的，钟楼内的大钟是当地民间组织自发捐献，而鼓楼中的大鼓已不知所踪。伏羲庙内最引人注目的还有千年古柏，传说庙内原来在不同方位共有老柏树六十四棵，暗合八卦衍生之方位，现今只有三十七棵。每年正月十六与七月十九伏羲庙会时，灸百病的纸人几乎贴满庙中的柏树树干，更有信众会亲手抚摸、搂抱大树，以求得伏羲爷保佑。

第三，天水往北八十余公里处亦有一处建制完整的祭祀女娲的庙宇，亦称祠堂。此处方圆数里既是传说中女娲出生的地点，又是女娲度过年少时光的地域，还有抟土造人用的泉水，还有女娲的坟茔，而且这些地点名字中都带有"风"字，与传说中女娲风姓无比契合。据考证，女娲庙前身为女娲祠，始建于秦朝，西汉以来多次搬迁重建，明代改名为女娲庙，历经了山陷、洪水、兵乱，屡次被毁，屡次重建，前前后后达四次之多，终于在20世纪80年代末建于现址，面积为一百六十多平方米。女娲庙建筑精美，色彩丰富，木质结构雕刻技艺高超，房檐如飞鸟之翼，振翅欲飞，雕刻有祥兽吉兆，飞龙、神狮等图案更衬托庙内气宇不凡。正殿中央供奉着女娲娘娘的神像，神态自然，周围都分布着女娲娘娘的功绩图，如炼五彩石补苍天、抟黄土造人等，更有开天辟地等歌咏之词作为匾额、题字或碑石与庙宇同存，共同彰显女娲圣绩。现代以来，女娲的历史文化价值日益受到人们重视，每年民间传统女娲庙会是农历正月初一到正月十五，而此地关于女娲的公开祭奠自2006年以来一共举办过两次。近十余年间，天水女娲庙相关纪念活动受众愈发广泛，影响范围愈发扩大，与之相随的女娲文化越来越多地起着维系当地民众共同的爱城爱家精神的作用，凝聚着人们对中华传统价值观的认同，这里堪称中华文明之根，中国文化之源。

河北省新乐伏羲台与涉县娲皇宫

在古老的燕赵大地之上，距离省会之北四十余千米处，有一个名为新乐市的地方，当地人们相传这里是人祖伏羲早年寓居的处所。该市域内有伏羲台，据考证该遗址为殷商以来的存留，发掘出的各种石器、陶器等不胜枚举，属于原始时期的伏羲文化遗存。该遗址围绕伏羲台向四周辐射，规模之大足相当于二千二百四十个标准足球场地拼接在一起，其面积大约可以达到一千六百万平方米。伏羲台在记载中另有别名"羲台"或"野台"，共有三层构成，建筑材料主要为土和沙，自下往上各层高度分别为2.90米、2.12米和4.19米，长度分别约为102.6米、89.4米和53.7米，宽度分别为87.4米、

64.6 米、19.24 米，最上面的一层形状是八角形的建筑，整体格局与八卦图类似，所以该台亦被称为画卦台或者八卦台。伏羲台比周围地势都要高，旁边围绕着一片郁郁葱葱的树林，台上建庙，名为伏羲庙，庙内正殿供奉着人祖的神像，神像前有香案、功德香等，供人们上香叩拜。相传伏羲庙最早在殷商时就已有前身，明清时期多有重修记载，现可见于当地保存的四块明代重修石碑和五块清代重修碑记，主要修建年间为明天启、嘉靖、万历年间和清朝的顺治、康熙、乾隆、嘉庆、道光、同治年间，而现存的三间六佐殿则在元代就已被重修，整体呈现着元朝的建筑风格。从六佐殿继续往北是龙师殿和寝宫，各三间，此二者皆为 20 世纪 90 年代在原址重建的建筑，主体结构为木制，在房檐、柱石上可见莲花、八卦、祥兽等纹饰或壁画，无不显示出古朴、自然的建筑风格。在 21 世纪初，当地政府在原址基础上，继续扩建伏羲庙，在南北走向的建筑两侧之外，亦建有华胥庙三间纪念伏羲生母华胥氏，故而该庙被当地人亲切地唤作"老娘庙"，另有雷公庙、钟楼、鼓楼以及东西朝房等。

目前，当地有关人祖的纪念活动主要包括地方政府公祭典礼和民间自发祭祀。新乐市的民众相传伏羲的诞辰是农历三月十八日，所以当地民间伏羲祭祀时间主要在农历三月十七日到三月十九日。据老人们回忆，伏羲祭典盛大而隆重，人们会搭起大台子表演或唱戏，街边小吃、生活用品、游戏娱乐等摊点品类繁多，上香、放炮等祭祀活动非常热烈。晚上还有可以与同伴相约一起去伏羲庙赏灯，场面壮观，气氛热烈，堪比新年。人们在庙会中祈福求吉祥，拜庙求平安，在一片祥和、繁华中追溯着人祖伏羲难忘的恩德与功绩，熏陶培育着每位参与人员心灵的那片净土。

涉县娲皇宫处于河北省西南方位，西与山西省东南相邻，建在距中皇山山脚三公里的山腰宽阔之处，这里被当地人相传是女娲炼彩色石补苍天、断鳌足、造人类的所在。最初，娲皇宫前身是北齐时代雕刻的佛像与石室，当今尚有六部摩崖刻经传世，接着经过之后各代的重修与扩建，明清之后又新增了梳妆楼、牌坊、娲皇阁、鼓楼、钟楼等建筑，目前这里已经成为占地七十六万平方米的大型女娲祭祀建筑群落，吸引着全国乃至全世界的目光。从中皇山脚下向山顶出发，依次路过朝元宫、供人歇马的停骖宫、广生宫，一路走过十八盘，最后达到主体宫殿——坐北向南，高达二十三米的娲皇阁，在娲皇阁的东西两侧亦有梳妆楼和迎爽楼、钟楼和鼓楼等建筑对称分布，格局严谨。娲皇阁在地基之上又另有三层的楼阁，自下而上分别是清虚阁、造化阁和补天阁，整个娲皇阁的建造均依照山势，一面临崖，一面临渊，仅用九根铁索与山体相连。相传，每当三月十八女娲庙会之时，人们都来娲皇宫里祭拜娘娘，走廊上聚集很多游人，此时，整个娲皇阁便会有微颤之感，堪称神奇。

河南省浮戏山与淮阳太昊陵

　　河南省内关于伏羲和女娲造人、成亲、补天等相关的传说俯拾即是，为了纪念二圣开天工、造人类、明人伦等宏大功绩，当地建有许多祠堂庙宇，甚至各山都建有伏羲、女娲庙宇。新密市就有一座这样的山——浮戏山，该山分为天、地、人三皇山，山中伏羲、女娲庙宇多有分布，如天皇山上的始祖庙，里面供奉着伏羲，始祖庙的后面还建设有专门供奉女娲娘娘的祖母殿，殿内的女娲神像则是手举石头，目光上视，衣带飘飘，呈补天状。据考证，该庙至迟在唐代就已经建立，之后经历若干次修建，历史之久远可以想见；另有一座较为著名的伏羲女娲祠，位于来集镇浮山，该祠内存有多块明清时重建祠庙的碑石，值得注意的是，在来集镇的伏羲女娲祠正殿中，伏羲和女娲同在一间大殿，共同享受人间的祭祀，只见伏羲和女娲这两尊气质不凡、安详平和的神像端坐在正中央，另外，在一旁的侧殿中还有三位送子娘娘神像受人祭拜，供人祈子。据当地人说，农历二月十八日为女娲娘娘促使青年男女自由恋爱的日子，于是这里每年都会在这一天举行祭祀女娲的庙会，这一天，人们的求子、祈福、还愿、感恩、崇拜等期待与情感系以女娲一身。在此山中亦有与伏羲、女娲相关的自然风物遗迹，如有一个名为钟沟的山沟，沟内的石头都是红色的，当地人传说，这是因为女娲在这个沟里炼石头，火势很凶猛，把整个山沟的石头都给烧成了赤色的；再如，地皇山中现在还存留着洪荒沟、阴阳石等，当地人传说，洪水过后的伏羲和女娲就是在这里避过了大灾难的，为了繁衍人类，二人滚动阴阳石定下了婚姻，才有了后来的人类。

伏羲功德之大，成就之彰，见于文化、人伦、器物、农业、渔业、音乐、制造业等各方面，其信众在国内多如恒河沙数，而在伏羲寿终正寝之后，信众出于敬仰与怀念，在各地建起了伏羲陵墓，一时蔚为壮观，其中，尤以太昊伏羲陵最负盛名。史载，伏羲的墟墓就建立在其都城——陈，也叫陈州，陵墓所在之地即为今天周口市淮阳县境内的蔡河北岸，现已形成面积达五十八万平方米的古建筑群，主要包括宫殿、门、陵墓及相关景观等。首先，沿着中轴线自南向北的有午朝门、玉带河、道仪门、先天门、太极广场、太极门、统天殿、显仁殿、太始门、八卦坛、伏羲陵、蓍草园等。其次，在太极门之北的院子东西两侧皆有道观，既有道教神仙的老君观、三清观、玉皇观，又有祭祀女娲娘娘的女娲观，还有岳飞观等。再次，从太极门向东向西各有一华门，向东通过三才门到达东华门，向西通过五行门到达西华门。最后，围绕着这些建筑景观的还有一百零八株岁已千年的古老柏树，烘托起一片森然严肃的气氛。

统天殿总共有五间，是伏羲陵庙的中心建筑，整体建筑色彩亮丽，以象征至高无上的红、黄等颜色为主，雕有许多吉祥装饰。殿内供奉的主神即为伏羲，其形象是非常有特色的：以树叶、虎皮遮身，却唯独露出肚子、脚掌，头上长着两只角，手里拿着八卦图。除伏羲外，殿内还供奉有二十八星宿等配神。殿内存有《伏羲圣迹图》石刻，规模宏大，将伏羲出生、定都、为民造福、创立文化、收服四夷直到去世等神圣事迹一一展现在人们眼前。伏羲陵是整个陵庙中主要的景观之一，相传是伏羲埋身之处，陵墓底座呈方形，象征大地，顶部呈圆形，寓意皇天在上，陵前还存在一通尺寸极大的刻有"太昊伏羲氏之陵□"纪念碑石。（□表示最后一字已磨灭不可辨）。

山东、陕西、台湾的相关遗址

山东境内的伏羲庙地处该省西南部的凫山，现属于微山县的两城镇，距市中心约五十公里，该庙建于高约数米的台子上，背后依靠一座高山——凤凰山，面对着微山湖水，整体巍峨壮观，景色秀美。伏羲庙现存面积超过一千四百平方米，庙里仍保存着众多各代重修的石碑和柱石，碑石记载主要以重修的缘由、经过、落款等为主，彰显伏羲天工开物的圣绩，也状圣泉清新之景如在目前。另外，山东邹城亦有一座爷娘庙，庙内供奉伏羲和女娲，只是该庙现已损毁严重，仅存若干断碑残石。

陕西省的伏羲遗址离不开乾坤湾遗迹，这里关于伏羲和女娲的自然风物众多，如：伏义河村，当地人传说这里是伏羲见河图成八卦的地方，而且伏羲曾经多年在这里生活；伏寺村，传说是当年伏羲祭拜上天的地方，村中还有供奉着伏羲女娲塑像的庙宇；伏母寨，实际上是一个大岩洞，根据当地人传说，这是伏羲的母亲华胥氏曾生活的地方；虎头赤的磨盘石，也是伏羲女娲成亲问天意的见证；半截沟中的伏羲洞和女娲洞，传说是二人曾经生活的地方。

台湾地区受大陆伏羲、女娲信仰的影响，也有相关庙宇遗迹，往往将伏羲与道家联系起来。如台北市太昊伏羲氏八卦祖师纪念庙内除正中供奉人祖圣像外，还有道教袁天罡等像，该庙农历正月十三，秋天七月十九日各有一次大型祭祀活动；宜兰市伏羲庙建于20世纪80年代，供有伏羲、女娲、太上老君等神像；台北市还有专门供奉八卦图的庙宇——碧龙宫，宫内供奉着神龟，神龟背上之纹被当地人们看作具有神力的象征，庙内还供奉有观音、关帝等神像。

噫，大哉！

巍巍中华，灿烂辉煌，伏羲女娲，开天化工；

山川各处，庙宇神祠，神州大地，文化繁荣；

与民同在，泽被万代，人祖德行，永放光芒。

四

文化内涵

伏羲女娲传说从远古流传到今天，二者的相关记载最早出现在战国时期的典籍中，传说中二人均为创世之祖，劳苦功高，心怀天下，为民造福，为中华民族的诞生与发展做出了不可磨灭的贡献；与此同时，伏羲女娲传说中蕴含的文化内涵更使二人深受历代统治者、先贤文人、广大民众的重视、崇拜与敬仰。本章就让我们一同来了解伏羲、女娲传说中深厚而悠远、古老又神秘的文化内涵。

（一）天命观与根祖文化

天命观是指人们信念中承认上天、神明或灵魂的存在，认为世间的一切事物都会受神灵等力量的影响，如果顺应其意愿就可得到神力保佑，一切顺利，反之，则会受到严酷的惩罚。

伏羲、女娲传说中显现出浓厚的天命观。首先，有伏羲创立了八卦的传说。尽管八卦包含着深刻的哲学意识与理性思考，但是八卦的创立实为揭示神秘的天地变化之奥秘，探索人类渴望的未知，尤其是演变为易经六十四卦后，更与占卜、问卦、算命、巫术等相结合，反映出人们对上天意愿的崇拜。伏羲制定了嫁娶之礼，人世间男女结合的婚姻也是阴阳相合的一种方式。起初，人们认为世界的初始状态是混沌的，自从有了伏羲创立阴阳感应观之后，混沌宇宙说有了全新的解释，因此，创世也就成为伏羲传说中最基本的文化内涵。

其次，还有伏羲和女娲成亲前多次测天意的传说，二人为了能够繁衍人类必须成亲，但并没有直接成亲生育，而是在把决定权交给上天——要么是去问动植物,要么是隔沟滚磨盘、焚烧合烟、隔山穿针、互相追赶等,最终二人才遵照天意成婚。今天我们也有"姻缘天定""冥冥注定""天作之合"等说法,这些都反映出中国人由来已久的朴素天命观。再次,后代口口相传伏羲、女娲的传说,修建祠堂庙宇供奉神灵,每逢诞辰或忌日进行大型祭祀等活动,都暗含着对伏羲、女娲神力的崇拜,渴望从虔诚供养与祭拜活动中达到人神沟通,求财祈福等目的,这亦是天命观的反映。

传统伏羲是当之无愧的华夏文明开创者,文化上:作八卦、造书契;社会秩序上:设立官制、明确婚姻制度;器乐上:制造瑟;农林牧渔上:钻木取火、发明历法、根据蜘蛛织网创造了网罟,教人民狩猎捕鱼、吃熟食、发展养殖业、农业等。传说伏羲生于雷泽,相传"雷泽"是雷神栖息的地方。古人认为,雷有催生世间生命萌生的强大力量,春雷伴随着轰隆声唤醒冬天沉睡着的生命。因此,雷神被民众认为是生殖之神,伏羲作为雷神之子,是宇宙创造之神,同时也是人类始祖。传说女娲能够变化万物,一天之中甚至可以变化七十次。相传女娲的身体可以变化成世间万物,女娲之肠成为十位神人,她作为炎帝之女化成白鹊、死后化成精卫衔石填海,因此,女娲是化身神。初民的意识中认为宇宙万物是千变万化的,所以女娲也被认为是创造万物的创造神;她抟黄土造人,使得世界上有了人;女娲补天立地,使人类重新生活于有序的天地中。

再次，在人们口中，伏羲被称为"人祖爷""人宗爷""伏羲爷爷"等，女娲被称为"人祖奶奶""圣母""地母"等，遗迹中亦有人祖山、人祖庙等。从这些称呼中，也可看出不同地域对伏羲、女娲初祖身份的认同，伏羲女娲作为一对夫妻神，他们兄妹神婚的方式使人们产生了夫妻观念。中国作为农业大国，家庭观念自古以来就受到了重视，家庭的完整一体化和延续性在伏羲女娲的祭祀传承中体现出来。在庙会与祭祀活动中人们将伏羲、女娲视为先祖，供瓜果、肉食以奉神，唱戏表演以娱神，祈求家庭平安、农业丰收子嗣绵延长久。当前的天水太昊伏羲公祭大典、淮阳太昊陵祭祀大典、卦台山伏羲祭典等活动亦吸引了众多台湾同胞、海外华人到此寻根祭祖。

伏羲、女娲身为华夏之源与人文之祖，犹如树木之根、活水之源，在后世的一次次祭祀中，在流传的一个个习俗里，中华民族子孙后代对初祖的追认之情不断加深，心中所系的血缘之情与文化纽带不断加固。

(二)婚姻与生殖文化

伏羲、女娲的传说也反映出远古时期婚姻制度与生殖文化的生成与变迁。原始时期,人们的生存环境严酷,人身性命受到饥饿、疾病、野兽与灾难等外界因素的严重威胁,人身的脆弱、寿命的短暂,使人们对生命的崇拜达到无以复加的地步,因此,婚姻、生殖对于繁衍人类具有非比寻常的意义。

从起源时间上看,女娲的相关传说源于母系氏族社会时期,早于后期的伏羲传说。在母系氏族社会中,人们对生殖的认识还停留在初级阶段,认为是女性掌握着生育权,由此形成了对女性的推崇心理,这些都可以在以下女娲创造世界、创造人类、创造婚姻的相关传说中看出来:女娲创造了人类(或是抟黄土,或是变化为人,或是怀孕生出人类),在这些神话中无一例外都蕴含着生育的观念;女娲炼石补天并勇斗黑龙拯救了世界,"补天"从侧面反映了女娲有强大的生殖功能,这也是一种大量繁殖人口的方式拯救氏族灭亡的寓言,体现出原始人类的生殖崇拜;女娲不仅创造了人类，还创造了六畜。女娲的各种功绩几乎都是靠她一己之力完成的，并没有任何外在的力量支持，这也显示出了女性在当时社会有非常重要的作用，也有着极高的社会地位，故而受到人们尊崇。

之后，随着社会进步，原始时期人们的生殖观念也跟着发生了变化，人们认识到女性是受了外力才受孕的，但是却还没有弄清楚这神秘的力量来源于哪里。正如华胥氏踩了大人的足迹，身体有了感应而生伏羲（或生伏羲和女娲）的传说就反映出人们生殖观念的重大转变，同时也体现了原始时期群婚制度下人们只知其母，不知其父的情况。

关于伏羲和女娲成婚繁衍人类的传说则反映出了人们已经认识到是男女共同生育后代，也体现了族内婚向族外婚的演变。目前出土的的有关于伏羲女娲的文物中，他们大都以偶神的形象出现，人首蛇身寓意着雌雄交配、阴阳交合与男女交媾。因为蛇本身所具有的强大的生殖能力，将伏羲女娲绘成人首蛇身表现出原始先民对于繁衍子孙、孕育生命的强烈愿望。传说中的伏羲、女娲成亲前总是要问天意，成亲时也因害羞要各自遮蔽脸孔，这暗示着人们对近亲结婚已经有了隐隐的担忧，并且产生了羞耻之心；二人成亲后女娲产出的是个大肉蛋，伏羲生气地砸开后才变成了小娃娃，这在一定程度上体现出近亲结婚的弊端；而当肉蛋里的人走出来，伏羲女娲给这一百个孩子定了不同的姓氏，不允许同姓结婚，这就反映出人类由族内婚向族外婚的过渡；另外，在人伦秩序方面，传说伏羲制定了婚姻嫁娶之礼，由此形成了一夫一妻婚姻制度的萌芽。与此同时，女娲还作为高禖的形象使得男女能够顺利沟通情义，合理地建立婚姻。女娲由造人、生殖、婚姻等衍生出送子的功用，被后世奉为"送子娘娘"。与此相对应，因为中国人对子嗣的重视，所以也产生了一系列的求子、出生仪式。在伏羲女娲庙中，经常会有祈生等活动。孩子出生后还会举行满月、百日、抓周等仪式。这些信仰活动、仪式行为都体现了人们对新生命的渴望。

（三）民俗文化

石头崇拜

伏羲、女娲传说体现了中国古老的石头崇拜。

其一，在人们观念中，石头与生育紧密相连。从最初的女娲化山为石起，人们就认为石头是人类生命的内在源头。《西游记》中的孙悟空在东海神州的石头中出生、《红楼梦》中的贾宝玉由青埂峰下的石头投胎转世，这些正是民间石头生人传说在文学作品中的体现。民间传说中，尧和禹也都生于石头，从这些神话传说中可以了解到，在中国传统文化中，石头隐含着生育神的意味。在民间习俗中，石头具有强大的生殖神力，不少地区向女娲娘娘求子的妇女往往是摸石头或是刨石头来代表获得了孩子，民间信仰将刨来的石头带回家放到夫妻的床铺下即可怀孕，典型的如山西洪洞地区的刨娃娃习俗、东北地区的除夕捡石头习俗。其他地区有神秘的乞子石、阴阳石，千百年来流传着祭拜石头，或是把水灌入石头穴中祈求孩子的民俗。更有一些地方将石头视为生命的起源，认为生命从石头中来，也要在石头中安息，于是在棺具中还要放入石头，更有甚者，要建立石棺石墓。

其二，在人们观念中，石头还具有保护神的功能，既有辟邪镇宅的神力，又可以起到治病的作用。因为女娲用石头补天，人们对石头赋予莫大的神力，在不少地方的宅院中或墙壁上均可看到石头的影子，如在门口放石狮子、在屋子上放石虎、在墙壁上放泰山石等来镇压邪恶，保护平安；从古至今，不少人把石头做成饰品，随身佩带，以起到保护个人身体不受外界妖邪侵害的作用；亦有一些地区认为祭拜石头或是服下石头粉末可以驱赶走人身的病痛，带来健康。这都是因为在民众观念中，石头是自然之物，蕴藏着天地日月之精华和灵气，这种灵性使得它能沟通天地，成为人神交流的一个媒介，因而受到人们的尊崇。中国作为农耕文化的大国，干旱灾害时有发生，因此，祈雨便成为人们生活中的重要任务。在诸多的求雨活动中，石头的求雨功能格外突出。人们或用鞭打石头的方式获得雨水，或用石头收集云气，这些都表明民众认为石头具有祈雨功能，能保佑风调雨顺，取得丰收。

葫芦、柏树、蓍草崇拜

葫芦，因谐音为"福禄"而备受人们喜爱，而在远古时期，伏羲和女娲因为乘坐葫芦而躲避了毁天灭地的大灾难，保存了人类最后的两个人，加上葫芦多籽，使得人们对葫芦能够生育的崇拜有增无减，而葫芦的外观酷似一个怀孕女性的肚子，因此人们便赋予它更多的生殖意义。古代婚俗中的合卺之礼，就是用一剖为二的葫芦制成的瓢，即寓意夫妻二人和谐相处，又寓意着婚后能够早生贵子，多子多福。

伏羲女娲的庙宇、祠堂、陵墓多有古老的柏树守护，一来这是因为柏树长青，生命力旺盛，人们在柏树身上寄寓着长寿、身体健康的愿望；二来传说中伏羲有登天梯的本领，而这天梯就是一种神木；三来传说中柏树有辟邪作用，守护在陵墓之旁可以给墓中主人带来安宁。

蓍草非常稀有，目前在全国范围内仅生长在河南太昊伏羲陵、山西晋祠和山东的曲阜。传说伏羲画八卦是采集了蓍草画成的，于是蓍草拥有了神力，被人们称为"神蓍"，伏羲先天八卦后来演变为六十四卦，蓍草也随之成了后世人们占卦问卜之神物。

图腾崇拜

与伏羲、女娲相关的图腾崇拜主要有龙、蛇、蛙三种。

中华儿女经常自豪地称自己为"龙的传人"，而龙就与传说中的伏羲有紧密的联系。历史记载伏羲是人首龙身，还有传说伏羲氏率领的部族将周围部族征服后所形成的部落图腾就是龙，所以龙的形象包含了鹿、马、老虎、鱼、牛、鹰等动物的元素，最终形成了中华民族的吉祥图腾——龙。伏羲女娲的龙体是古代人们天命观最好的体现，说明他们是当时社会的最高统治者；伏羲与女娲相结合有着繁衍后代的象征意义，说明他们也是人类产生的始源。社会的最高权力也就意味着有"龙德"，因此，龙作为中国的图腾物，一方面表现了最高权力的正统性，另一方面民间又将龙作为始祖，"龙的传人"一说表现出人们的始祖观念。

蛇崇拜则可以从伏羲、女娲形象中显现出来。传说中的伏羲、女娲是人首蛇身，在汉代的画像石中，二人也多以人面蛇身的形象出现，上半身是人，下半身是蛇，有时是相对而立，有时是蛇尾交缠在一起。人们对蛇的崇拜有着深深的生殖烙印，人们认为，蛇具有蜕皮的能力，通过一次次蜕皮得以新生，从而达到永生不死的境界，由此有些地区还形成了给小孩子吃蛇肉来祈求健康长寿的习俗。同时，蛇的形象有时也被看作是男性生殖器的象征，传说，怀孕的妇女如果梦到蛇则预示着可以生男孩。其次，伏羲、女娲人首蛇身的交尾图，也反映了中华民族阴阳互补、男女合作共赢的和谐思想。

对蛙的崇拜，首先可以从女娲的名字中看出，蛙的发音与小孩子刚生下来"哇哇"的哭声相近，所以人们认为人类和蛙类有共同的祖先；其次，蛙产卵众多，具有强大的生殖能力，因此也被看作是生殖力旺盛的代表。不少出土的陶器上有蛙图案的存在，南方浙江等地区还建立有蛙神庙，还有地区流传有久婚不孕的妇女吞蟾蜍子以求子的习俗，现在的剪纸中也常有蛙形象的出现，表达生命繁衍生生不息的寓意。

（四）精神文化内核

伏羲、女娲传说之所以能够绵延不绝，影响着数代的中华儿女，很大的一个因素就在于其蕴含着丰富的精神文化内涵，能够为华夏民族提供无穷的力量，让中华民族在古老的文化之根上茁壮生长。

首先，伏羲女娲传说体现出鲜明的开创进取精神。原始社会时期，灾难频发、疾病势猛、食物获取难度大，人们如同生活于水火之中，为了生存，人们只有以进取拼搏的精神克服这些艰难险阻，如伏羲发明网罟，教民熟食、渔猎等。女娲不畏艰辛炼石补天，为人类恢复了往日和谐的秩序，以黄土创造了人类，创造六畜供人使用等传说，无一不呈现出在生产水平上的突破与创新。

其次，伏羲女娲传说体现出不服输的斗争精神。女娲补天传说中，天被撞塌了个大窟窿，并没有说这个窟窿有多么大，也并没有说哪一种石头可以把天补好。但是面对灾难，女娲没有退缩，而是迎难而上，她不分昼夜地去寻找合适的石头、恰当的炼石地点,并且有地方传说炼石四十九天,一连补天一百零八天,期间顾不上休息,顾不上吃饭,终于为人类修补好了苍天。另有传说有黑龙危害人间,女娲不怕艰险勇斗恶势力黑龙,为一方百姓换来了太平安康。

再次,伏羲女娲传说还体现出厚生爱民的精神传统。实际上,无论是最核心的始祖创世传说,还是成亲生育传说,或是发明创造传说,其出发点始终为人类生存创造更好的条件,都是为民造福,体现出远古先民对人们幸福的重视,对个体生命的珍视。

最后,伏羲女娲传说蕴含着生生不息的民族引领和开拓精神。他们作为中华民族的始祖,女娲抟土造人、炼石补天,伏羲渔猎和卜卦,他们用智慧与劳动将人类带进男耕女织的文明时代,男女结合的婚姻由此兴起,繁衍后人,生生不息。在几千年的历史长河中,人们世世代代供奉着这两位对偶神,祈求从两位上古神仙身上获得庇佑,谋得福祉。

（五）伏羲女娲传说与伏羲女娲文化的当代价值

时光流转，伏羲女娲传说走过千年的沧桑来到了崭新的21世纪，古老传说中融汇了年轻时代的因子，世代相传的习俗也更加贴近现代生活，那么，在当代社会，伏羲女娲传说的价值又有哪些呢？我们可以从政治、经济、文化三方面来进行分析。

政治方面 伏羲、女娲传说体现出的艰苦奋斗、敢于斗争、自强不息的精神，在当代对建设和谐社会，净化人们思想有重要价值。当代社会是信息激荡的年代，各种思想充斥着人们的内心，然而不少民众仍在寻找精神的栖息之所，伏羲女娲作为上古的创世大神，其为民造福、以天下为己任的担当为人们树立了大爱的榜样，实为新时代的标杆。

经济方面 伏羲、女娲信仰活动与庙会、习俗等密不可分，庙会本身就包含着贸易交流、信息沟通，在很大程度上促进当地乃至周边经济的发展，各地不同的伏羲女娲文化也丰富了当地的文化生活，尤其是近年来伏羲、女娲庙会活动开展得如火如荼，甘肃天水伏羲女娲庙会、河南太昊陵庙会、河北涉县娲皇宫庙会、山西洪洞娲皇宫庙会等，已经发展成为集祭祀、旅游、娱乐、休闲、贸易为一体的地域性活动。加之庙会影响力巨大，依托当地庙会发展旅游业，吸引着不少其他省份的人，乃至海外华人来寻根祭祖，对当地经济确实起着极大的推动作用。

  文化方面　伏羲、女娲是中华民族公认的人文初祖，是中华文化的源头，无论是先民，还是今天的民众，每个人都对这二位大神心怀虔诚与崇敬，他们身上凝聚与彰显的进取、创新、敬重生命等精神文化在今天的社会语境中更加成为维系华夏儿女情的牢固纽带。中国自古以来便有龙崇拜，龙作为中华民族的图腾有团结、向上、和谐的寓意，龙文化的传承也体现了中华文化的绵延不绝。龙是伏羲女娲文化中的核心内容，信仰伏羲女娲，强化了中国的文化自尊、文化自信与文化自觉。

  伏羲女娲已远去，神州大地留余音。

  中华九州，壮丽山河，关于二人的传说故事比比皆是，祭拜伏羲女娲的民间信仰活动连绵不绝，各地相关民间习俗多种多样，文献记载更是详尽生动，遗迹景观古朴真实。朋友，走近伏羲吧，每一次亲身体验都会让你感受到先民智慧的源泉；亲近女娲吧，每一次亲眼所见都会让你体会到初祖鲜活的生命；伏羲女娲，中华之祖，文明之源，正等待你我去追寻，去体悟，去吸取生命中最本真的营养！

参考文献

著 作

1. 曹学佺. 蜀中名胜记 [M]. 重庆：重庆出版社，1983.
2. 黄永武. 敦煌宝藏 [M]. 台湾：新文丰出版公司，1986.
3. 黄晖. 论衡校释 [M]. 北京：中华书局，1990.
4. 闻一多. 伏羲考 [M]. 上海：上海古籍出版社，2006.
5. 《十三经注疏》整理委员会整理，李学勤主编. 十三经注疏·礼记正义（上、中、下）[M]. 北京：北京大学出版社，1999.